KB042687

100조를 향해서 1

초판 1쇄 인쇄일 2015년 2월 10일 | **초판 1쇄 발행일** 2015년 2월 13일

지은이 라이케 | **펴낸이** 곽중열 | **담당편집 팀장** 이범수
편집부 신연제 이윤아 김호성 김은경

펴낸곳 (주)조은세상 | 출판등록 제2002-23호
주소 경기도 연천군 미산면 청정로 1355
TEL 편집부 02)587-2966 | FAX 02)587-2922
e-mail bukdu@comics21c.co.kr

ⓒ라이케 2015
ISBN 979-11-5512-957-9 | ISBN 979-11-5512-956-2(set) | 값 8,000원

100조를 향해서

향해서

라이케 현대판타지 장편소설

NEO FUSION FANTASY STORY

1

북두
(주)조은세상

CONTENTS

100
조를
향해
서

100조를 향해서

NEO MODERN FANTASY & ADVENTURE

프롤로그 Prologue ~ AMC Medical Bionics

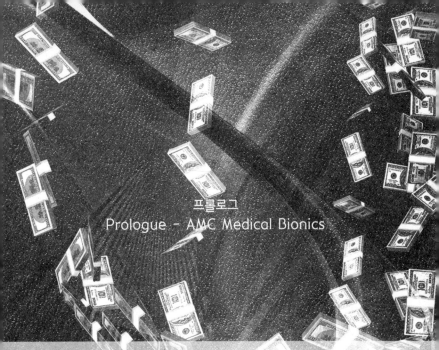

1대의 ENG 카메라가 AMC 메디컬 바이오닉스 (Medical Bionics)에서 나온 담당자들의 뒷모습을 찍으며 쫓고 있었다.

그 둘의 발걸음이 돌연 빨라지자 카메라맨의 구두축도 딱딱한 병원의 복도 바닥을 질책하며 간격을 필사적으로 유지했다. 소니 카메라의 셔터 옆에는 'SBS' 라는 선명한 단어가 적혀 있었고, 주위 상황으로 미루어 볼 때 다큐 종류의 어떤 프로그램으로 추정된다.

AMC 메디컬 바이오닉스의 종양 분자 생물 과학 연구팀의 백정호 실장과 국내 마케팅 영업 3팀의 부장 이동수는 조심스런 표정을 짓더니 삼성 병원 암 연구 센터장인 유병

9

훈 박사의 사무실로 노크를 하며 문을 열었다.

"어서 오세요."

"아, 네."

긴 생머리에 단정한 블라우스가 제법 잘 어울리는 늘씬한 여비서가 듣기 좋은 톤으로 환영하며 맞이했다.

뒤로는 카메라맨을 비롯한 연출진 몇 명이 잽싸게 따라붙는다. 철저하게 계산된 장면의 연출이었다.

유병훈 박사는 다소 긴장한 모양인지 마른 침을 꿀꺽 삼키며 미리 따라 놓은 생수부터 마셨다. 이동수 부장이 정중한 어조로 물었다.

"어떻습니까? 그 동안의 경과가?"

박사는 키보드로 무언가를 확인하더니 MRI 필름 여러 장을 벽에 꽂고서는 차분히 설명했다.

"음, 이건 확실히 대단하군요. 사실 암 연구에 한 평생을 바쳐온 학자로서 인터넷에서 최근 논란이 된 AMC에서 개발한 약의 효능에 대해서 …비록 개인적인 의견이지만 과장된 측면이 꽤 있었을 것이라고 생각했습니다."

그리고 유병훈 박사는 잠시 뜸을 들였다.

하버드 의대 졸업이라는 경력, 미국 최고 암 전문 병원인 MD 앤더슨 암센터에서 주임 교수라는 직책, 마지막으로 삼성 병원 암 연구 센터장이 그의 이름값이다.

무려 40년을 넘게 암에 매진했던 가히 한국에서만큼은

이 분야에서 최고라 할 수 있는 유병훈 박사가 머뭇거리는 것은 어쩌면 당연한 일인지도 모른다.

SBS '그것이 알고 싶다' 제작진 앞에서 '그의 생각'을 피력하기에는 혹시라도 발생할지 모르는 후폭풍이 너무 거셌던 탓이리라.

PD, AD, FD, 작가, 보조 스텝, 카메라맨, 비서의 시선은 마치 화살을 다트에 쏘는 것처럼 박사를 향해 매섭게 내리 꽂고 있었다.

유병훈 박사는 슬쩍 한숨을 토해냈다.

아무리 생각해도 회피하기가 어려웠던 탓이다. 그는 알고 있었다. 그의 말 한마디에 한국이, 아니 이 세계가 어떻게 떠들어댈 지를…. 지독한 압력이다. 거대한 프레스로 짓누르는 것 같은 그런 기분이었다.

사실 모든 암 환자들에 대한 치료와 그 과정은 지난 6주간의 다양한 각도의 취재를 통해서 검증을 이미 끝낸 상황이었다.

다큐 프로의 희생양이 된 이들은 원래 다른 병원에서 말기 암을 선고 받고 치료 방법이 없어서 그저 죽음만 기다리는 환자들이었다. 그러다 우연히 AMC 메디컬 바이오닉스에서 암 치료제를 개발했다는 소식을 들었고, 이에 지푸라기라도 짚는 심정으로 앞 다투어 신약의 실험대상으로 자신의 육체를 제공한 것이다.

유병훈 박사는 부하 직원이 보고한 그 동안의 기록들을 천천히 카메라맨에게 보여주었다.

"…대상군은 전체 92명인데 그 중에는 위암, 대장암, 폐암, 유방암, 갑상선암, 신장암, 뇌종양 등 다양한 병력을 지니고 있었습니다. 우리는 AMC 메디컬 바이오닉스와의 기본 협업 방침에 따라 종양 치료제인 리플럭스 Replux 100mg 캡슐을 한 정씩 총 6주에 걸쳐서 매일 저녁에 복용을 시켰습니다. 그리고 6주가 지난 현재는 MRI 판독과 조직 검사 결과, 전체 92명의 환자들 중 3명을 제외한 나머지 환자에게서 의학적 소견으로 종양이 완벽하게 사라진 것으로 확인되었습니다."

"아…."

"놀랍게도 98.7% 의 완치율입니다. 아무리 실험 데이터의 수치가 적고, 실험군이 동양인뿐이라는 단점이 존재한다 해도, AMC 에서 나온 이 제품이 인류 역사의 한 획을 그었다는 점은 인정해야 할 겁니다."

박사의 소견을 진지하게 청취한 바이오닉스의 백정호 연구 실장은 그 동안의 고생이 떠올랐는 지, 이내 감격에 겨운 표정으로 입을 열었다.

"감사합니다. 그런데 아직 완치가 안 된 다른 세 명의 현재 소견은 어떤지 궁금하군요."

"나머지 분은 공교롭게도 고혈압, 당뇨, 신부전증 등 다른 치명적인 합병증이 있는 환자 분들이라 이 부분에 대한 연구와 데이터는 좀 더 지켜봐야 할 것 같다는 것으로 결론이 났습니다."

"그럼 약이 아예 안 듣는 것은 아니네요?"

"그렇다고 할 수도 있죠."

그 외에도 박사는 MRI 필름을 일일이 꺼내고, 대조하면서 암의 경과에 대한 진행 상황과 AMC 메디컬 바이오닉스에서 미리 제공한 리플럭스 캡슐 정의 약리 체계와 원리에 대해서 설명을 하기 시작했다.

SBS 그것이 알고 싶다 제작진은 밤새 철야 작업을 하면서도 전혀 실증을 내지 않았다.

그리고 제작진을 총괄하는 PD 주상훈은 아예 보도 국장을 건너뛰고, SBS 사장의 격려 전화를 받고 있었다.

"네, 네. 사장님 지시대로 분량은 최대한 늘리도록 하겠습니다. 네! 2부로 나눠서 편성하는 것은 충분할 것 같은데, 솔직히 3부작까지는 좀 무리가 아닌가 싶네요. 아, 물론 사장님 말씀도 이해는 합니다. 그럼요. 당연하죠. 이번 건은 비판 보도가 아닌 애국적인 각도에서 세세하게 조명하도록 노력하겠습니다. 하하 그럼요. 사장님 …네. 들어가세요. 네."

스마트폰의 통화 종료 버튼을 누르자마자, 답답한 마음

에 주상훈은 건물의 테라스로 나가서 말보로를 꺼내기 시
작했다.

입이 바짝 마르고 있었다. 이미 내부적으로 쉬쉬하던 정
보가 일주일 전부터 퍼졌고, 최근 인터넷은 그야말로 난리
가 아니었다.

- AMC그룹 산하 메디컬 바이오닉스에서 기적의 신약
인 암 치료제 리플럭스 개발 완료!

- 다음 주 SBS 그것이 알고 싶다에서 '대한민국 세계
의 선두에 서다! 암 정복을 이룩한 기업 AMC!' 독점 방영
예정!

네이버와 다음 포털에는 실시간으로 수 백 개의 기사가
송출되었고, 메인 화면은 암 치료제로 도배가 되고 있었
다. 심지어는 작년 말 OCN에서 기획 특집으로 방영된 적
이 있는 AMC와 모 병원 재단이 암 환자 6명을 대상으로
치료에 성공한 스토리까지도 재조명하는 중이다.

그 때만 해도 케이블이라는 시청권의 협소함과 미국에
서도 정복하지 못한 암을 한국의 일개 기업이 완치했다는
뉴스를 믿는다는 자체가 큰 용기를 필요로 했다.

더욱이 치료 환자도 불과 6명에 불과했으니 오죽하겠

는가.

허나 지금은 달랐다. 3대 메이저 방송국인 SBS에서 6주 동안 직접 검증을 하고, 국내 최고 병원의 권위자가 보증을 했다 한다.

뉴스의 특성상 암 정복이라는 소재는 한국을 벗어나 전 세계를 떠들썩하게 만드는 충격적인 사건이다. 한국의 언론사들은 하나 같이 동일한 패턴으로 수 백 개의 뉴스를 끊임없이 재가공하기에 이르렀고, 네티즌의 댓글은 온갖 찬사와 더불어 이미 수 만 개를 돌파해 있었다.

뒤이어 그 때까지만 해도 해외 토픽쯤으로 취급하며 뒷짐만 지고 있던 외국 언론도 관심을 보이기 시작한다.

주상훈은 시사 프로그램을 연출한 지도 어느덧 십 여 년이 넘어선 베테랑이었다. 지금까지 그것이 알고 싶다를 제작하면서 수많은 사건 사고와 우여 곡절이 겪었었다. 그 때문에 지금까지 기록들을 엮어서 책으로 출간한다면 아마 베스트셀러는 식은 죽 먹기일 거라며 불알 친구와 장난을 친 적이 있었다. 하지만 그런 과거의 모든 것을 다 합친다 한들, 지금 이 순간만큼은 안 될 것이다.

가여운 재떨이에는 피다 만 담배꽁초가 수북했다.

잠을 거의 못 자서 그런 지, 몸은 물에 빠진 생쥐처럼 극심한 피로를 느꼈지만, 화장실로 들어가 세면을 하면서 재

차 정신을 가다듬어야 했다. 아직 못 다한 편집이 많이 남
아 있었다.

❀

그리고 며칠 후, 방송이 송출되었을 때 한국은 크게 떠
들썩거렸는데, 그것이 알고 싶다의 시청률이 예상을 깨고,
1부가 29.5%, 2부는 41.2% 가 나왔던 것이다.

지난 4주간 그것이 알고 싶다의 평균 시청률이 8.1%임
을 계산하고, 종편, 케이블, 인터넷의 다양한 디바이스의
보급으로 시청자들의 시선이 분산된 것을 감안한다면 위
와 같은 시청률은 월드컵과 같은 국가 이벤트가 있는 날을
제외한다면 사실상 불가능에 가까운 수치나 마찬가지였
다.

그 사이 온라인에서는 삼성 병원 현장 관계자는 물론이
고, 암 완치 환자의 가족에게까지 재검증의 잣대를 들이
밀었지만, 진실에서 변화된 점은 없었다.

비정상 돌연변이 종양 세포만 선택하여 정상 세포로 변
환시키는 백억 분의 1M 크기의 나노봇 결정 입자가 담겨
져 있는 리플럭스는 공식적으로는 특허 등록이 안 된 제품
이었다.

너무 긴 임상 시험 테스트 기간과 신약 출시 후, 후발 주

자의 비양심적인 복제 약 문제로 AMC그룹의 최고 수뇌부에서는 긴 토론 끝에 이중 삼중의 보안 설비와 함께 터무니없게도 암 치료제를 건강식품으로 등록을 시켜 버렸던 것이다.

그 후, 그들이 선택한 방법은 놀랍게도 방송국과 병원을 움직여서 시청자인 국민 여론의 환심을 사는 방법이었다.

그것은 하나의 혁명이었고, 기적의 시작이었다.

여전히 미국 FDA는 AMC의 리플럭스가 어떠한 약리와 시스템으로 암세포를 정상세포로 돌리는 지, 인체 내에 어떤 부작용이 생길지에 대해 모르기 때문에 아직까지는 수입을 금지시킨다는 게 공식 입장이다.

이는 어쩌면 당연했다. 인간이 복용하는 약에 대해서 신중을 기하는 것을 비판 어린 눈빛으로 손짓을 하는 게 더 우스운 일인지 모른다. 혹자는 미국의 메이저 제약업체인 화이자, 존슨&존슨 등의 로비 때문이라고 부르짖었다. 허나 그러기에는 이미 세계가 하나의 단단한 네트워크로 묶여서 가족과 같은 울타리나 마찬가지라는 게 문제였다.

이번 AMC의 신약은 다른 허황된 사기들 - 석유 대신에 물을 에너지로 주행이 가능하다는 것과 같은 신빙성이 보장되지 않는 루머가 아닌 진실로 판명이 되자, 그제서야

17

해외 언론이 물밀 듯이 몰려왔다.

미국의 CNN, FOX, 영국의 BBC, 독일의 ZDF, 중국 CCTV, 일본 NHK 등 영향력이 높은 메이저 언론사가 인천 공항으로 속속 들어왔다.

그리고 세계가 정말로 충격에 휩싸인 시점은 CNN이 일주일에 걸쳐서 특집 방송을 주구장창 내보내면서부터였다. 그 효과는 대단했다.

아직 한국은커녕 해외에 시판조차 되지 않았던 이 기적의 약을 얻기 위해 죽음을 앞두고 있는 전 세계의 암 말기 환자들 중 최상위 부유층들이 한국 땅을 밟았다.

어떤 이는 이 약이 지금까지 인류 역사상 각기 한 획을 그었던 토마스 알버트 에디슨(Thomas Alva Edison)의 백열전구, 알렉산더 플레밍(alexander-fleming)의 페니실린, 알버트 아인슈타인(Albert Einstein)의 상대성 이론, 그리고 팀 버너스 리(Tim Berners Lee)의 인터넷 월드와이드맵(WWW)에 이어 마지막으로 등장한 끝판왕이라면서 온갖 미사여구까지 동원하며 추켜세웠다.

해외에서는 이 약을 얻기 위해 암 환자의 가족들이 서로 뭉쳐서 정치인들에게 각종 민원과 로비를 넣기 시작했고, 그래도 안 되자 반정부 시위는 날이 갈수록 심하게 변해갔다.

그러던 어느 날, 인천 공항에 백발의 노인 하나가 수행원에 둘러싸인 채로 전세기를 타고 조용히 입국했다. 허나 냄새에 민감한 취재 기자들이 그 사람의 정체를 모를 이유가 없었다.

그는 월트 디즈니 그룹의 총괄 회장인 로버트 아이거였다. 한국에서는 단순하게 디즈니가 캐릭터 상품이나 파는 곳으로 희화되지만, 실제 디즈니 그룹의 영향력은 한국인들이 상상하는 것 이상으로 대단했다.

메이저 영화 배급사와 각종 스튜디오, 소프트웨어 컨슈머 프로덕션, 그리고 누구나 이름만 들어도 알 수 있는 방송국 ABC와 ESPN, 애니메이션 제작업체인 픽사, 마블엔터에 놀이동산인 디즈니랜드까지 거느리고 있는 거대한 미디어 그룹이었다.

로버트 아이거는 작년에 폐암 4기의 확진 판정을 받은 상태다. 인천 공항을 떠나 그가 방문한 장소는 아이러니하게도 최근 한국을 뒤흔들고 있는 72층짜리 AMC그룹이 있는 본사의 현관이었다.

로버트 아이거는 한동안 AMC본관에서 AMC그룹의 알려지지 않은 회장과 극비리에 만남을 가졌다 한다.

4주가 지난 후, 로버트 아이거는 그 전보다 훨씬 좋은 혈색의 얼굴빛으로 다시 출국장으로 나섰다. 그가 뉴욕 John F. 케네디 국제공항에 도착했을 때, 결국 기자의 끈질긴 질문에 마지못해 간단히 인터뷰에 대답하고야 말았다.

"…당신들 생각대로 병을 고치기 위해 한국을 방문한 것이 맞소. 또한 현재 내 몸상태는 확실히 정상으로 회복된 상태요. 내 주치의 소견으로는 종양 치료제인 리플럭스의 복용이 폐암을 완치시키는 데 결정적인 역할을 했다 하는군요."

"정말 놀라운 일이군요. 진심으로 회장님의 건강이 회복된 점을 축하드립니다. 그리고 그 외에 따로 하실 말씀은 없습니까?"

"하하, 왜 없겠소? 먼저 AMC 연구진에게 이 자리를 빌어서 감사의 말씀을 전하고 싶군요. 또한 기적의 약을 만들어 인류의 발전에 공헌한 AMC그룹의 정현수 회장에게도 고맙다는 말을 하고 싶소."

"그런데 혹시 이번 거래의 대가로 디즈니의 자회사 중하나인 픽사 Pixar 를 AMC그룹에 넘겨주기로 했다는 이면 합의설에 대해서는 어떻게 생각하십니까?"

"글쎄요…? 그게 뭐가 그리 중요할까요? 하하."

디즈니 그룹 회장은 모호하게 말끝을 흐리면서 공항을 떠났다. 기사의 안내에 따라 공항 주차장에 정차해둔 2013년형 마이바흐 62S 의 푹신한 의자에 앉자마자 차는 빠르게 출발했다.

로버트 아이거는 멀어지는 뉴욕 공항의 풍경과 차창 밖으로 보이는 광활한 들판을 보면서 한참을 무언가 생각하더니 결국 시큼한 눈물 한 방울을 떨어트렸다.

막막한 어둠의 터널과 죽음이 예정된 여행.

그 이정표를 따라서 무기력하게 걸어야 했던 과거의 아픔과 절망이 문득 떠오른다.

폐암 확진 진단을 받았을 때 느껴야 했던 공포에 가까운 두려움은 결국 극심한 자괴감으로 이어졌다.

그 캄캄한 어둠밖에 존재하지 않는 냉랭한 세계 속에 그 혼자만이 웅크린 채 앉아 있었다.

그러다 찾게 된 광명이다,

그 빛은 너무 찬란했다. 기뻤다. 그리고 행복했다. 모든 것이 사랑스러웠다. 그렇다. 나이를 그렇게 먹었음에도 산다는 것은 그렇게 좋은 것이다. 평소에는 별 것 아닌 것 같은 자질구레한 일에 벅찬 감동이 느껴지고 있었다.

거인의 눈물이다. 그 기쁨의 눈물을 마음껏 흘리게 해 준 젊은 남자, AMC그룹의 막후 실력자인 한국 젊은이의 얼굴을 떠올리며 노인은 따스한 미소를 보이더니 눈을 감았다.

100조를 향해서

NEO MODERN FANTASY & ADVENTURE

Part 1-1. 청담 2동 36-1번지의 기억

Part 1-1. 청담 2동 36-1번지의 기억

그는 날고 있었다.

그렇다. 그는 지금 새가 되어 있었다. 등 뒤에는 그 누구나 흠모할만한 새하얀 날개가 빛나게 돋아나 힘껏 펄럭였다.

안개 한 점 없이 끝도 없이 푸른 하늘이다.

고개를 돌려 아래를 향했다.

주차하기 위해 후진하는 자동차 운전석의 남자, 스마트폰을 끼고 음악을 듣는 아가씨, 유치원 가방을 메고 뭐가 그리 즐거운 지 낄낄 대는 아이들, 그리고 그 위로 그가 존재한다.

과연? 어떤 느낌일까?

저들은 지금 무슨 생각을 하고 있을까? 궁금했다. 어째서 저들은 행복한 것인지.

바람이 불어오고 있었다. 그 바람은 세파에 찌들어 병든 나약한 육신을 살포시 어루만지며 쓰다듬는 중이다.

따뜻했다. 왜인지 몰라도 온기가 느껴지는 바람이다.

아득한 꿈속에는 이제는 영영 돌아오지 못하는 곳에 존재하는 그리운 어머니의 얼굴이 흐릿하게 겹쳐지고 있을 뿐이다.

– 현수야! 이 썩을 놈아. 너 요즘 왜 이렇게 돈을 함부로 쓰고 다니냐? 너처럼 먹고 싶은 거 다 먹고, 사고 싶은 것 다 사면 언제 돈 모을래? 에휴, 우리 같이 없는 놈들은 단 한 푼이라도 모으고 살아야 되는 법이야. 뱁새가 황새 따라가려면 어케 되는 줄 알아? 이 놈아? 어떻게 되는 줄 알아? 응? 응?

지독한 잔소리였다. 어미 종달새가 갓 태어난 새끼에게 재잘거리는 것처럼 그의 어머니는 상대방이 멈추지 않으면 한도 끝도 없이 말을 퍼붓는 신기한 재주를 가지고 있었다. 그러나 우습게도 지금 이 순간만큼은 더할 나위없는 행복감도 느낀다. 입가에 부드러운 미소가 번진 것은 그 순간이다.

짧은 시간, 그리고 애절하고, 또 애절한 기억이다.

한편으로 지금의 그에게는 무한에 가까운 과거의 조각
난 기록의 파편이기도 하다. 그 먹먹하고 답답한 기억의
재생은 90년대 한참 범람했던 비디오 플레이어에 테이프
를 집어넣고 되감기 버튼을 누르던 한심한 그의 옛 모습과
놀라울 정도로 닮아 있었다.

다시는 오지 않는, 이제는 영원히 올 수 없는 그 때 그
시절의 추억들이 지금 눈앞으로 선명하게 차례대로 지나
가고 있었다.

그 때는 정말이지 진저리나도록 듣기 싫었던 어머니의
잔소리였던 것 같다. 그 짜증나는 잔소리는 머릿속에 메아
리처럼 선회하더니 하얀 도화지 위에 유채색 물감으로 덧
칠하며 더욱 진하게 번져올 따름이다.

1초 쯤 지나면 이제 그의 생은 마감할 것이다.

육체는 24층의 옥상에서 수직으로 낙하 중이다.

타인의 눈에 비추어진 이런 그의 행위는 자살이라고 덧
붙여질 것이다. 돌이켜보면 철저하게 실패한 인생이었다.

기를 쓰고 살기 위해서 버둥거렸으나, 마지막 인고의 터
널 끝은 비참하게도 파산이었다.

막판에는 아이들을 친척집에 맡기고, 채권자의 독촉을
피해 아내와 함께 야채 트럭에서 새우잠을 자면서 전국방
방곡곡을 떠돌아야 했었다.

낮에는 시간이 날 때마다 막노동판에서 비릿한 땀 냄새를 베개머리 삼아 지낸 2년의 일상이다.

하지만 영원히 끝이 보이지 않는 동굴이었다.

그것은 마치 어부의 손에 잡힌 물고기가 살기 위해 호흡을 하며 필사적으로 버둥거리지만, 결국은 횟감이 되어 위장 속으로 사라져야 하는 불편한 운명과 무엇이 다른 것이 있을까?

아내가 죽었다. 친척 집에서 더부살이를 하는 두 아이를 데려와 키우기 위해 어쩔 수 없이 접대부가 되어버린 아내. 그 아내는 그깟 돈 몇 푼에 오욕을 견디다 못해 건달에게 성폭행 당하고 비참하게 맞아 죽었다.

희망이란 무엇일까? 그래. 희망이 없었다. 희망이 없는 삶만큼 더 비참한 것이 또 있을까? 이제 끝이었다. 영원한 안식이다.

눈꺼풀이 스르르 감겼다. 후회되는 순간, 아련한 기억, 조금이라 해도 이 세상 다 얻은 것처럼 행복했던 순간들이 번개처럼 스쳐 갔다.

쾅.

망치로 못을 박을 때 들려오는 진동이 곳곳에 울려 퍼졌다. 콘크리트와 부딪친 머리통은 곤죽이 되었고, 팔과 다리는 기형적으로 꺾였다. 척추는 나무젓가락처럼 산산이 부서지고, 피가 온 사방에 튀었다. 지독한 고통이다.

"으악!"

"저, 저게 뭐야? 헉!"

그것을 끝으로 뒤이어 경악에 가득 찬 주민들의 고함 소리 따위가 아련한 미몽처럼 흐릿하게 밀려들기 시작했다.

정현수가 생을 마감하던 그 날, 공교롭게도 태양의 흑점이 활화산처럼 거세게 불을 뿜었고, 혜성이 지구의 궤도와 가장 근접해서 스쳐 갔는데 그 때문인지 대략 1분 동안 동북아 지역의 모든 전자 시스템이 마비가 되는 기이한 현상이 발생했다.

이 세계에는 아주, 아주 가끔은 인간의 과학 기술로는 이해가 안 되는 사건이 발생하고는 한다.

그 일이 있은 후부터 이틀이라는 시간이 지났다.

이 이틀은 대다수의 인간들에게는 짧은 시간이었지만, 또 다른 어떤 이에게는 상상조차 못할 정도로 긴 시간이기도 했다.

그는 이불에 누운 채로 멍하니 천장만 바라보고 있었다. 믿을 수 없는 현재의 모습에 다시 한번 기가 막히다는 듯이 눈만 그저 깜박거렸다.

회귀라니?

죽음과 함께 찾아온 과거로의 시간 여행이다.

어느 누가 믿을 수 있겠는가?

하지만 현실이었으니. 엄연한 현실이다.

오른손으로 허벅지의 촉감을 느끼며 조심스레 쓰다듬더니 꼬집었다. 혹시라도 이것이 꿈이 아닌가라는 강팍한 두려움으로 인한 미칠 것 같은 불안감이다.

기억을 더듬어 보았다. 지난 이틀 동안 수도 없이 확인해야만 했던 현재 그의 신상 내력이 게임의 홀로그램처럼 눈앞에서 스쳐 지나갔다.

이름 정현수, 1973년 11월 12일생, 소띠. 태어난 곳은 청담 2동 36-1번지 하나 연립 102동 104호.

그리고 지금은 1990년 8월이었고, 영동고 2학년 7반에 재학 중이다.

이것이 그의 간단한 프로필이다.

확장된 동공은 조심스럽게 주위로 시선을 돌렸다.

우중충한 반지하의 시큼한 냄새와 군데군데 곰팡이가 핀 벽지, 낡은 작은 가구들. 그토록 싫어하고 증오하던 과거의 잔재와의 피할 수 없는 극적인 상봉이라니!

물론 지금 이 순간만큼은 눈물이 날 정도로 고맙고 감사해야 했지만, 떨떠름한 기분은 어쩔 수 없을 것이다. 어제 두 눈으로 하루 종일 확인해야 했던 놀라운 상황에 그나마 조금은 익숙해진 기분이다.

옆에는 청담 중학교 3학년인 남동생 현민이 잠에 취해 뒤척였다.

벽시계의 시침은 새벽 5시 반을 가리켰고, 창문 사이로 조금씩 햇볕이 들어오는 것을 깨달았다.

그는 몸을 일으킨 다음, 먼저 이불부터 정갈하게 갰다.

그 후, 낡은 책상의 두 번째 서랍을 조심스럽게 열었다. 볼펜, 샤프, 지우개, 헤진 노트 따위가 헝클어져 있는 그곳으로 손바닥을 펴더니 깊숙하게 넣었다.

손이 찾는 목표는 일반적인 잡동사니가 모여 있는 서랍 공간이 아니었다. 잡동사니가 모여 있는 부분의 바로 윗쪽, 그러니까 더 정확하게는 첫 번째 서랍의 밑둥이다. 거기에 어제 문방구에서 급한 대로 산 지름 6cm x 3cm짜리 미니 박스가 있었다. 이 박스는 스카치 테이프로 서랍 밑둥에 단단히 고정되어 붙어져 있었다.

상자를 개봉하자마자 나온 것은 엄지 손가락 1/2정도 크기의 앙증맞게 생긴 노란 색의 USB 메모리칩이다.

정현수는 갑자기 한숨을 내쉬며 고개를 흔들었다.

"…휴우, 미치겠군. 어떻게 해야 할까?"

어제부터 하루 종일 고민한 문제이기도 했다.

하지만 이내 단념했다. 현재 상황을 고려해 볼 때, 이렇게 보관하는 것 외에 더 확실한 방법은 없다고 판단한 것이다.

생각 외로 USB 메모리는 현수의 인생에 있어서 중요한 역할을 할 것임은 분명해 보였다. 과거 채무 문제로 전국을 떠돌다 건국대 충주 글로벌 캠퍼스의 도서관 신축 현장에서 얻었던 것이다.

화장실이 급해서 학생들 건물로 들어갔다가 복도에 우연히 떨어져 있던 지금의 USB 메모리를 습득하게 되었다. 그는 소설 속에 흔히 등장하는 선량한 인물은 아니다. 혹시나 야한 동영상이라도 있나 싶어서 고이 간직했다가 며칠 후 PC 방에서 확인 결과, 건대 신문방송학과의 어느 학생이 졸업 논문 때문에 만든 뉴스 관련 데이터 관련 파일임을 깨닫게 된다.

USB 안에는 PDF파일이 2개, WORD파일 1개가 존재했다. 그 중 가장 쇼킹한 것은 네이버 라이브러리 뉴스를 잡지책처럼 묶어 만든 '변혁! 1990년대의 뉴스 모음. PDF' 파일이다.

그것도 1990년부터 1999년까지 매일경제신문에 나온 뉴스 중 중요한 것들만 추려서 페이지마다 안 카메라 Ancamera 3.0으로 일일이 캡쳐(Capture)해서 찍어 놓은 것이다. 이 얼마나 갸륵하고 대단한 정성인가!

어디 그 뿐인가?

2000년부터 2010년 뉴스는 네이버 라이브러리처럼 매일 뉴스를 만드는 노력은 기울이지 않았지만, 정치, 경제, 사회적으로 유명한 사건을 중심으로 시간의 흐름에 따로 간결하게 제작하여 편집한 '희망! 2천년 사건 사고 모음. PDF'라는 자료도 있었다.

물론 그 여학생이 이런 번거로운 작업을 한 이유는 MS 워드로 된 '시대의 흐름에 따라 변하는 뉴스의 보도 방식과 편집의 공정성에 대한 분석'이라는 긴 논문의 제목에서 명확하게 밝혀졌다.

정현수는 결코 바보가 아니다.

지금 그에게 중요한 것은 이 USB 메모리칩의 원 주인이 더할 나위 없이 성실하고 꼼꼼하다는 것 따위나, 23살짜리 여대생이 잃어버린 물건에 대한 죄책감이 동반된 숭배와 사죄 따위도 아니다.

그저 이것을 이용하여 어떻게 하면 그의 미래를 멋지게 창조할 수 있을지 고민해야만 했다.

과거로의 회귀와 함께 정현수는 외모와 옷, 시간 모두 공간의 비틀림 속에서 완벽하게 탈바꿈 되었다. 단지 유일하게 미래로부터 딸려온 것은 기가 막히게도 USB 메모리 칩뿐이다.

기분이 어땠냐고?

물론 행복했다. 그래. 행복해서 미칠 것 같았다.

미래를 읽는다? 내일 뉴스를 알 수 있다?

이 세계의 그 어떤 이도 모르는 정보를 오직 그 혼자만이 알 수 있다는 것은 천문학적인 돈을 줘도 바꾸지 못하는 행운임은 당연했다. 그 가치가 상상하기 어렵다는 것 정도는 어린아이도 알 수 있을 것이다.

그럼에도 우습게도 현재 이 USB 는 사용할 수가 없었다.

이 얼마나 희극적이고 재미있는 상황인가?

왜 사용할 수 없냐고?

답은 의외로 간단하다. 2014년의 USB 메모리칩과 호환이 가능한 하드웨어인 컴퓨터가 아직 안 나왔기 때문이다. 조금만 생각하면 금방 알 수 있는 것을 어제 늦은 밤에야 알게 된 사실이다.

"음, 그렇군. 90년이면 이제 막 MS DOS가 끝나고 윈도우 3.0이 나오던 시기였지. 멍청하게⋯."

젊은 시절의 기억이 떠올랐다.

그 때의 어렴풋한 기억은 인텔, COMPAQ, IBM, NEC, 마이크로 소프트, 노던 텔레콤 등 메이저 IT 기업들이 회합을 한 자리에서 난립하는 인터페이스를 통일시킬 수 있는 규격을 만들기를 제창했고, 그래서 CD 대신에 더 가볍고 휴대가 편한 USB 메모리칩이 선택된 것으로 알고 있었다.

아마도 그 시기가 1996년으로 추측하는 데, 윈도우 98이 출시되면서 플러그 앤 플레이 인터페이스(Plug And

Play Interface)방식으로 USB가 범용화가 된 것으로 기억한다.

어째서 이 부분이 아직도 명확하게 알고 있냐면, 당시 그가 용산 전자 상가의 소프트웨어 판매점에 아르바이트로 1년 넘게 일한 경험이 있었기 때문이었다.

물론 충분한 자금이 있다면 직접 컴퓨터 전문가를 찾아서 데이터를 변환하는 방법 등을 고려해볼 수는 있었지만, 그게 설령 가능하다 해도 '미래 뉴스'라는 이 정보를 접하게 된 컴퓨터 전문가가 과연 딴 마음을 안 먹는다는 보장이 그 어디에도 없었다.

한마디로 너무 위험하다는 뜻이다.

여기서 생각을 접었다. 일단은 시간을 두고 천천히 검토해봐야 할 문제였다. 그는 서랍에서 검정색 펜을 꺼내더니 USB 칩이 들어가 있는 미니 박스 위에 작은 글씨로 경고문도 적었다.

– 절대 버리지 말 것! 정현수 것.

웃음이 나올 정도로 유치한 행동이다.

하지만 이게 최선이었다. 최악의 경우 부모님이나 동생이 발견했을 때, 쓰레기로 오인해서 버리는 사태를 방지하기 위함이다.

건너편 마루에는 어느새 사부작거리는 소음이 들려왔다. 아버지 정재동의 인기척이다.

그는 재빠르게 두 번째 서랍을 열어서 그 윗면에 미니 박스를 붙이고는 서랍을 닫았다.

아버지는 현장 일 때문에 늘 새벽 같이 나가야 했고, 그 때문에 그의 분신이나 다름없는 목공 도구를 커다란 가방 안에 넣는 모양이다.

아버지가 일어난 것을 눈치 챈 현수는 더 이상 거짓으로 잠을 자는 척 할 필요가 없다고 판단했다. 그는 이제 막 잠에서 깬 것처럼 문고리를 열면서 나지막한 어조로 인사부터 올렸다.

"이제 일어 나셨어요?"

"음, 그래. 웬일로 요 며칠 동안은 우리 현수가 일찍 일어나는구나. 아주 좋은 습관이다. 게으른 것만큼 나쁜 것도 없다."

"아침 운동이라도 해보려구요. 이제 얼마 안 있으면 개학인데…"

"호오? 그래? 네 놈이? 후후, 과연 얼마나 오래갈지 두고 보자구나. 잘해 봐라."

현수는 장난스럽게 받아치는 아버지의 말을 흘려 보낸 후, 곧장 화장실로 들어가 세면을 시작했다.

욕실은 꽤 좁았다.

아니, 매우 비좁다는 단어가 가장 적절할 것이다.

겨우 2-3평 남짓한 화장실 좌측에는 욕조가 들어가야
할 공간에 세탁기와 온갖 잡동사니들이 창고처럼 쑤셔 박
혀 있었다. 이 시대 서민의 집이라면 흔히 볼 수 있는 광경
이다.

간단히 세안과 양치질을 한 후, 수건을 집어 들자 퀴퀴
하고 지독한 냄새가 콧잔등을 찔렀다.

예전에는 수없이 맡아야 했던 가난의 향기였다. 그 때문
에 그토록 싫어했던 구차함의 상징이있지만 지금의 그는
이 냄새조차 좋았다.

생활에 치여서, 그리고 너무 바빠서 수건조차 제때 빨지
못하던 삶의 비루함 때문일까?

어머니와 누나는 건너편의 비좁은 안방에서 둘이서 껴
안고 잠을 자고 있을 것이다.

어머니 송현주는 다른 집의 살림을 도와주는 가정 도우
미였다. 존칭어가 아닌, 현실 세계에서 부르는 명칭은 가
정부라고 한다.

생판 처음 보는 남의 집에서 주인이 해야 할 일을 대신
하면서 쓸고, 닦고, 정리 정돈에 반찬과 설거지까지 하고,
그 대가로 금전을 받는다. 말이 좋아 가정부지 옛날로 치
면 하녀와 다를 것이 없으리라.

아무튼 낮에는 남의 집 살림으로 바쁜 어머니는 정작 자기 집에 들어와서는 제대로 가정조차 못 챙기는 서글픈 삶이기도 하다.

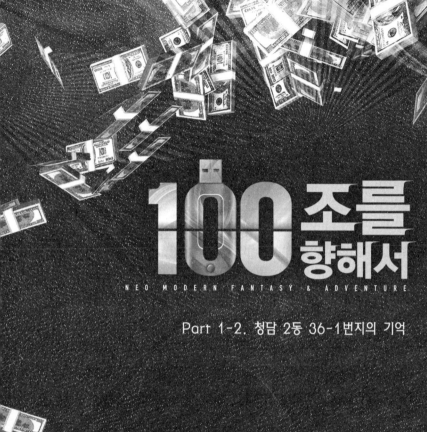

100조를 향해서

NEO MODERN FANTASY & ADVENTURE

Part 1-2. 청담 2동 36-1번지의 기억

Part 1-2. 청담 2동 36-1번지의 기억

누나 정소영은 그와는 3살 터울로 송파구 일신 여상을 졸업 후, 작년에 강남 차병원 총무과에 입사했다.

누나가 차병원에서 합격 통지서를 받던 그 때 그 날, 세상을 다 얻은 것처럼 기뻐하던 그 방방 뛰던 모습이 아직도 가슴 깊숙하게 남아 있었다. 순간 화가 치밀었다. 제길, 그깟 종합 병원이 뭐라고.

과거의 기억을 추억하던 그 순간, 탁상용 자명종이 시끄럽게 울려 퍼진다.

그리고 또 다른 예비용 자명종이 2분 쯤 기다리다가 보란 듯이 관현악기끼리 연주를 하듯 서로 박자를 조율했다.

18평짜리 연립 주택의 아침은 그렇게 시작되었다. 누나는 졸린 눈을 비비며 심각하게 투덜댔다.

"아, 졸려. 엄마! 나 5분만 더… ."

"얼른 일어나. 너? 어제 야근하다가 다 못해서 오늘 일찍 병원에 출근해야 한다고 안 했어?"

"진짜! 엄마!"

어머니는 잠에서 깨자마자 잔소리를 해댔다. 이를 지켜본 아버지가 주방을 뒤적거리더니 다소 불만 어린 눈빛으로 참견했다.

"현수 엄마, 찬밥이 이것밖에 없어? 이걸로는 부족한데?"

"2번째 냉동실에 얼린 밥 있을 거에요. 전자렌지에 중으로 온도 설정 하고, 5분 정도 돌린 후에 드세요."

"5분이나? 나 시간 없는데, 어쩌지?"

"몰라요. 시간 없으면 그냥 가든가."

"야! 현수? 정현수? 너 빨리 문 안 열래? 누나 소변 마려워. 화장실 급해. 빨리 열어!"

누나는 문을 강하게 치면서 남동생에게 빨리 나오라고 재촉하는 중이다. 현수는 갑자기 바빠진 아침 이른 나절의 생활에 도무지 적응이 안 되는 모습으로 수건으로 대충 얼굴만 문지르면서 화장실을 나왔다.

"미안. 어… 근데 누나 얼굴 되게 웃기다. 풋!"

"뭣?"

화장 안한 얼굴로 씩씩거리는 누나의 모습에 현수는 터져 나오는 헛웃음을 참지 못했던 것이다.

"이게! 콱! 너? 죽고 싶어?"

"아니, 별로. 내가 왜 죽어야 되는데?"

"야! 정현수! 나중에 두고 봐."

누나는 고함을 빽 지르며 문을 닫았다.

아버지는 미역국에 김치 몇 조각으로 대충 아침을 때우더니 가장 먼저 운동화를 신었다.

현수는 남방에 추리닝 차림으로 아버지를 따라 나섰다. 정재동은 그를 쫓아오는 첫째 아들의 모습을 보자, 신기한 동물이라도 본 듯한 표정으로 계단을 오르며 말했다.

"왜 따라 나와? 그래봤자, 아빠 돈 없다. 용돈은 엄마에게 말하렴."

"아니요. 용돈 때문이 아니에요. 그냥 아버지 일 나가시는 모습 보고 싶어서 그런 거에요."

"그래? 이 자식! 이젠 다 컸구나."

재동은 아들 현수의 어깨를 툭 치더니 트럭에 앉아서 시동을 걸었다.

부르릉, 부르릉.

8월의 중순이다. 겨울도 아닌 여름의 새벽녘에 트럭의

시동은 자꾸 꺼지고 있었다. 그 당시 한국 차가 가지고 있던 낮은 기술력의 한계인지도 모른다.

"이런, 또 말썽이구나. 쯧!"

아버지는 인상을 찡그리면서 재차 키를 비틀었다.

아버지의 트럭은 1톤 짜리 1986년식 기아 봉고였다. 비록 중고라 해도, 그들의 형편에 나름 거금을 들여 산 제품이다. 허나 5년째에 접어들자 트럭은 툭하면 고장이 나는 말썽꾸러기로 바뀌었다.

그럼에도 그는 이런 생활이 익숙한 듯 두 세 번의 시도 끝에 시동을 거는 데 성공했다. 현수는 이해하기 어려운 표정을 짓더니 트럭이 저 멀리로 떠나자, 선선한 바람이 불어오는 새벽 거리를 걸었다.

그가 태어난 이 곳, 그가 반평생을 지낸 곳이다.

청담 2동 36-1번지의 골목길에 다시 와 있었다.

회귀 당시에 느껴야 했던 경악과 흥분 따위의 감정들. 그 감정은 많이 사그라 들었다 해도 여전히 충격으로 다가올 뿐이다.

과거를 거슬러 왔다는 자체가 제아무리 긍정적으로 해석을 해도 여전히 비현실적인 사건이기 때문이다.

그의 정신 연령은 예전 42살 중년의 나이다.

자살하기 전 걸어온 험로를 떠올리면 가슴만 먹먹할 따

름이다. 그런 그에게 현재 청담동 길은 기억의 먼 곳 너머에 흩어 놓은 아련한 잔재에 불과했다.

2014년 당시의 청담동하면 떠오르는 단어는 명품 이미지, 그리고 우아함일 것이다.

대한민국 서민의 기억 속 청담동은 삼성 그룹 이건희 회장 개인의 자격으로 현찰을 지불하고 이 곳의 건물을 구매할 만큼 높은 프리미엄을 지닌 곳이다.

물론 1990년의 청담동은 2014년의 청담동의 위상까지는 아니었지만, 한국 어디를 가도 꿀리지 않는 신흥 명문 부촌으로 한참 발돋움 하던 시기였다.

강남 아줌마의 사교육 열풍의 시초는 8학군이었는데, 그 8학군의 대명사로 알려진 경기고, 영동고, 휘문고, 현대고와 같은 몇 몇 학교는 지방에서조차 자녀를 보내기 위해 거짓으로 주소이전까지 할 정도였다.

청담동 옆의 압구정동은 훗날 한류로 이름 높은 SM 엔터테인먼트와 JYP 엔터테인먼트의 건물이 존재한다.

청담 사거리에서 상아 아파트 사거리까지 펼쳐진 현대판 비버리 힐즈의 명품 옷가게도 이 시기부터가 호황을 누리던 시기였다.

"하지만… 같은 청담동이라도 수준이 다르지."

현수는 혼잣말로 중얼거렸다.

그랬다. 같은 청담동이라 해도 청담 2동은 청담 1동, 압구정동과 달리 낙후된 곳이 제법 존재했다.

좀 더 정확하게 표현하면 영동 백화점 건너편 방향의 고지대로는 고급 단독 주택들이 많았으나, 그보다 아랫방향의 저지대로 내려가면 판자촌, 연립 주택 등이 혼재된 무질서한 곳이 당시 청담 2동의 현주소이기도 했다.

그 때의 청담 2동에는 빈부 격차가 꽤 많이 존재했다.

가난한 아이들과 부자인 아이들.

강남 세무서와 과거 A.I.D 차관 아파트 건너편 대로에서 언북초등학교 방향으로 비탈진 사거리를 쭉 내려가다 보면 알 것이다.

끝도 없이 미로처럼 펼쳐진 복잡한 골목길들.

그 골목은 아직 한적했다. 그저 어스름한 가로등 몇 개만이 오물로 범벅이 된 쓰레기통만 비추고 있을 뿐이다.

멀리에는 청소를 마치고 피로에 지친 초췌한 기색으로 이제야 집으로 귀가하는 환경 미화원의 안타까운 발걸음도 눈에 띈다.

문득 웃음이 터졌다.

그는 길을 걷다가 정신병자처럼 웃고 낄낄댔다. 그 웃음은 정신적 즐거움 때문에 감정이 외부로 표출되는 그런 종류의 것이 아닌 듯 했다.

그 미소에는 슬픔과 고통, 회한, 희망, 흥분 따위의 복합적인 감정이 뒤섞여 튀어 나온다. 어쩌면 본능에 더 가까운 감정의 표현일 것이다.

키 177cm 에 약간 통통한 체격, 검은 안경테에 여드름이 좀 있다. 콧등은 날카로운 편이지만 눈은 꽤 작았다. 전체적으로 키는 큰 편이었지만, 나쁘지도 그렇다고 좋지도 않는 그저 그런 비주얼이다.

등골이 약간 굽어 있었는데 그 때문에 선생으로부터 자신감이 없어 보인다는 핀잔도 듣고는 했다.

그는 영동고 2학년에 재학 중이었고, 이제 곧 여름방학이 끝나가는 여름의 끝이기도 하다.

며칠 후, 2학년 2학기가 시작하는 개학 첫 날이 다가왔다. 현수의 시선이 향한 곳은 가파른 언덕 위를 오르는 그 나이 또래의 많은 남자 고등학생들에게 꽂혀 있었다.

영동 고등학교는 비탈진 언덕 위에 위치해 있었기에 늘 등교를 하면서 자신의 다리가 얼마나 튼튼한지 시험하는 코스로도 유명했다.

주택가를 지나 후문에 들어서자 마치 81mm 박격포 중대의 사격과 같은 우레 소리가 들려왔다.

"이 새끼들아! 빨리 안 튀어! 이제 2분 남았다. 빨리 튀어와!"

무서운 인상의 훈육 주임이 목봉 비슷한 긴 막대기를 손에 쥔 채 시간을 체크하면서 연신 재촉 중이다.

그 앞으로 헐레벌떡 서로를 밀치며 달려오는 수 십 명의 아이들이 보였다. 현수도 가방을 멘 채로 빠르게 달렸다.

"헉헉, 죄, 죄송합니다."

"배영찬! 다음부터 조심해, 통과."

"네!"

"최기호? 너 이 자식 내가 분명히 어제 말했어? 안 말했어? 앞머리가 눈썹에 닿으면 안 된다고 했어? 안 했어?"

"했, 했습니다."

가까스로 후문을 통과한 아이들은 가쁜 숨을 몰아쉬다가 서로 눈치를 보며 학교 안으로 들어갔지만, 그 중 최기호라는 2학년 1반의 동기는 머리를 자르지 않았다는 이유로 훈육 주임에게 붙들려야 했다.

그는 목봉의 위협에 바짝 얼어 있는 최기호의 고개 숙인 머리통을 툭툭 치면서 오른 손으로 거칠게 앞머리를 휘어잡았다.

"이 새끼! 이거! 니가 장국영이야? 니가 유덕화야? 계집애처럼 머리를 오 대 오 가르마를 하면 좋냐? 응? 최기호?"

"……."

"대답 안 해? 선생 말이 우습니? 앙? 우스워?"

"아, 아닙니다."

"병신 새끼 꼴갑 떠네. 토끼 뜀 10회 실시! 복창은 오리 꽥, 꽥!"

"실시! 오리! 꽥! 꽥! 오리! 꽥! 꽥!"

정현수는 후문 안쪽의 건너편에서 최기호가 땀을 뻘뻘 흘리며 혹독한 체벌을 받는 장면을 말없이 지켜봤다.

2014년, 선생의 사소한 질책에 반발한 중학생이 경찰에 신고를 하고, 심지어는 선생을 폭행까지 하는 일이 적지 않았던 그 때의 교정을 떠올리고, 현재의 상황을 비교하자 쉽게 매치가 되지 않았던 탓이다.

그 뒤로도 백여 명의 학생들이 더 놀려왔지만, 시계의 분침이 7시 50분을 정확히 가리키자 훈육 주임은 냉정할 정도로 잔인하게 후문을 닫아 버렸다.

그는 교정의 뜰을 지나서 미리 외워둔 그의 반이 있는 운동장에서 오른쪽에 있는 건물의 3층으로 향했다.

2층 계단을 오르다 중간에 설치된 벽면의 전신 거울이 보였다. 정현수는 무심결에 거울 앞에서 자신의 지금 모습을 슬쩍 훑어보았다.

체크무늬로 통일된 자주색 상의 교복과 회색 바지에 약간 구부정한 신체, 그것이 그의 본 모습이다.

뭐, 그다지 마음에 드는 외모는 아니었다. 머리카락도 약간 곱슬인지라 평소에 빗으로 빗질을 해주지 않으면 쉽게 정리가 안 되는 얼굴이다. 그렇게 거울을 쳐다볼 때 뒤에서 누가 강하게 뒤통수를 때리고 지나가는 인기척을 강하게 느꼈다.

"야! 정현수! 생긴 건 뭐 같이 생겨 가지고. 큭, 거울 좀 그만 봐."

"누구?"

"꽉! 눈 안 깔아?"

"……."

고개를 돌렸다. 같은 반 김종태와 민종식이다. 뭐가 그리 좋은 지 낄낄대면서 그를 빠르게 추월하더니 7반으로 뛰어 가고 있었다. 그리고 그를 향해 눈을 강하게 부라리면서 경고하는 것도 잊지 않고 있었다.

어안이 벙벙해진 것은 당연했다.

어른이 된 후에는 직접적으로 맞은 경험이 없었기에 정현수로서는 황당하기 짝이 없었던 것이다.

그럼에도 쉽게 반발이 안 나왔다. 흔히 이 나이 또래 애들이 상대를 기세로 짓누르는 방식이다. 아니, 좀 더 정확히는 아직 적응이 안 된 탓이다.

장난인 것 같으면서도 장난이 아닌 수법이다.

뒤통수를 적당한 정도의 강도로 때린다든지, 혹은 뒤에서 강하게 목을 휘감으면서 일부러 상대의 반응에 따라 적당히 대처하는 방식으로서 이른바 신체적인 조건이 좋은 강한 애들이 자신의 육체적인 힘을 과시하는 전형적인 괴

롭힘이다.

김종태의 눈빛은 쉽게 해석이 된다.

그 눈빛 안에 담긴 것은 약한 적의감이다. 나는 너와 같은 물에서 놀지 않는다는, 너 따위와는 레벨이 다르다는 우월감이리라.

그렇다. 잠시 잊고 있었다. 과거의 그는 반 전체에서 보면 입지가 그다지 높은 편이 아니었다는 사실을.

수업과 수업의 중간에 휴식 시간이 오자 60명이나 모여 있는 교실은 그야말로 시장판처럼 무질서하고, 분주하기 짝이 없었다.

현수의 건너편 뒷줄에서는 반에서 가장 잘 나가는 아이들 예닐곱 명이 한데 뭉쳐서 껄껄거리면서 나이트에서 여자 먹은 이야기에 정신이 없었다.

"엊그제 이태원 팔라디움을 갔는데 거기 물 괜찮더라. 오히려 강남역 오디세이보다 놀기는 더 좋은 것 같아."

그러자 그 무리에서 똘마니 노릇을 하는 아이가 과장되게 맞장구를 치면서 재미있다는 표정으로 반응했다.

"그래? 난 키가 작아서 그런지 바로 민증 까라 하던데? 너는 확실히 키가 크니 좋긴 좋구나. 쩝. 이야, 부럽다."

"병신! 그게 너와 나의 수준 차이야. 나랑 종식이는 지금까지 까인 적 없어. 아무튼 팔라디움에서 부킹을 했는데 꽤 귀여운 여자가 걸렸어. 그런데 알고 보니 대학생이네. 그 씨발 년 생각하면 진짜! 큭큭!"

"몇 학년인데?"

"말도 마. 동덕여대 2학년이라고 하는데 그 앞에서 어떻게 고등학생이라고 밝히겠냐?"

"그래서? 또 뻥 깠냐? 씨발. 대단하다!"

키가 186cm에 이르는 김종태는 떡대도 크고, 얼굴도 딱 보기에 호감형으로 생긴 미남자였다. 그는 팔짱을 낀 채 가장 뒷자리에서 거들먹거리며 화려한 무용담을 계속 이어가고 있었다.

"그럼! 대학교 3학년이라고 거짓말했지. 근데 그 년이 무슨 과냐고 뭘 전공하냐고 묻는 데 내가 뭘 알아야지. 정말 뒈지는 줄 알았다니까. 퉷! 아 진짜 고것 벗겨서 먹었어야 하는데…."

과거로 돌아왔다. 그리고 교실이다. 이 묘한 분위기는 무엇일까? 아이들이 정말 많았다. 마치 콩나물이 사각형 통속에서 재배될 때 느껴야 하는 그 답답한 감정과 닮아 있었다.

각양각색의 아이들이 보였다.

키가 크고 덩치가 있는 아이, 주위를 오고가며 하이에나처럼 장난을 치는 아이, 잘 생겼지만 침착하고 온화한 아이, 말만 많고 용기 없고 왜소한 아이, 안경이나 살이 쪄서 늘 의기소침한 아이까지.

교실은 그야말로 시장바닥처럼 북새통이었다.

특이한 점은 잘 나가는 그룹은 그들끼리 뭉치고, 모범생 그룹은 그들끼리, 찌질한 아이들은 그들끼리 바다의 물고기들이 동일한 어종끼리 뭉쳐서 헤엄치는 모습과 판박이 같다. 그리고 그는 어떤 그룹에 속해 있을까?

현수가 앉아 있는 자리 앞쪽의 장원형과 현수의 짝인 박병수는 동전 축구 게임에 한창이었다.

"우씨! 또 골 먹었어."

"그러니까 평소에 연습을 많이 해야지."

"너 잘났다. 한판 더!"

"이제 4교시 시작할 시간 아닌가?"

"복수할 기회는 줘야 할거 아니냐."

"오케이."

약간 억양이 어눌했던 박병수는 형광펜으로 10원 짜리 동전을 툭툭 쳤다. 펜은 가로줄과 세로줄이 교차되는 칸을 따라서 금에 걸리지 않게 하면서서 상대편 골문을 향해 돌진하고 있었다.

장원형은 이에 놀라 형광펜을 무지막지한 속도로 흔들며 상대팀이 찬 동전이 자신의 골문에 박히지 않기 위해 애를 썼다.

이런 모습을 보다가 질린다는 듯 현수는 하품을 하며 화장실로 향했다.

이제 어떻게 해야 하지?

복도를 걸으며 그는 잠시 사색에 잠겼다.

공부?

그가 만약 중학교 1, 2학년 정도로 회귀를 했다면 열심히 공부를 해서 명문대를 노려볼 수도 있었을 것이다. 하지만 지금은 너무 늦었다. 공부라는 것은 기초가 탄탄하지 않으면 하루 이틀 내에 되지 않는다는 것을 뼈저리게 알고 있었다.

그 때다. 누군가 다른 반 복도에서 우당탕탕하는 거친 소리가 들려왔다. 아이들이 크게 외쳤다.

"싸움이다!"

"전혁필과 김강수가 붙었어!"

"어디? 어디?"

텅!

2학년 10반이 있는 복도에 아이들이 빼곡하게 몰려서 싸움을 구경하고 있었다. 처음에는 그냥 지나치려 했지만 아예 복도를 막아버린 호기심 많은 관중들 때문에 어쩔 수 없이 현수는 발끝을 들어 싸움하는 모습을 구경해야 했다.

"전혁필! 때려! 때려!"

"김강수 저 새끼 중학교 때 잘 나갔다는 것 다 뻥 아니야? 왜 저래?"

작년에 같은 반이던 전혁필은 140kg이 훌쩍 넘는 살이 찐 돼지다. 하지만 평소에 온순한 편이라 다른 이들이 보기에 잘 나가는 애들과 시비가 붙으면 아무래도 양보하는 경향이 좀 강한 아이였다.

뭐, 그렇다고 순진한 것은 아니고, 담배도 태우고 술도 마시면서 그 나이 때 하는 음주 가무는 다하는 편이었다.

허나, 진짜로 싸움이 붙자 140kg에서 나오는 큰 주먹의 스윙에 김강수는 몇 대 반격도 제대로 못하면서 일방적으로 밀리며 얻어터지기에 급급했다. 전혁필이 기세등등하게 외쳤다.

"죽어! 김강수? 이 씨발 새끼야? 니가 잘나가면 얼마나 잘나간다고 지랄이야?"

"좆까! 이잇!"

"뒈질라고!"

김강수는 상대적으로 키는 작았지만, 워낙에 인상이 날카롭고, 초등학교, 중학교 때부터 돌주먹이라고 소문이 자자해서 아이들이 함부로 못 건드리는 존재였다. 2014년 현재의 학교 단어로 말하면 전교 일진 그룹 중 하나이기도 하다.

그럼에도, 제한된 공간에서 싸우는 막싸움은 결국 덩치 큰 놈이 승리를 거두는 의외의 결과를 낳았다.

그것도 단 3분 만에 7-8대를 전혁필에게 맞더니 얼굴이 만신창이가 되며 김강수가 쓰러진 것이다.

"전혁필, 저 돼지 새끼 열나 센데? 왜 저래?"

"뭐, 방학 때 권투라도 배웠나?"

"확실히 싸움은 붙어봐야 아는 거야."

휘파람이 연이어 터졌다. 격려를 하는 환호성과 기이한 탄식, 투덜거리는 중얼거림이 들려왔다.

뒤늦게 담당 선생님이 달려와서 장내를 정리시켰는데, 그 둘이 교무실로 개처럼 끌려가는 모습이 꽤 인상적이었다.

그렇게 개학 첫날의 피곤한 하루가 지나간다.

뭐 그리 대단하지도, 그렇다고 특별하지도 않은 과거와 똑같던 평범한 일상의 하루일 것이다.

정현수는 수업이 끝난 후, 학교 건물의 허름한 창고 뒤쪽으로 향했다. 거기서 선생들 몰래 옹기종기 모여 담배를 피우는 몇몇 무리를 아무 말 없이 쳐다보았다.

그리고는 가만히 다가가 그 중 건들거리며 침을 뱉고 있는 같은 반 동기 이종우에게 말을 건넸다.

"집에는 안 가냐? 종우야?"

"…뭐? 너나 가셔."

이종우는 정현수의 뻔뻔한 태도에 약간 불쾌한 기색으로 짧게 대답하더니 눈을 피했다.

그리고는 바로 옆의 함께 노는 친구에게 시선을 맞추며 미소를 드러냈다.

딱 봐도 뻔하다 그냥 무시를 하는 것이다.

하지만 정현수의 정신 연령은 18살이 아닌, 사회에서 산전수전 다 겪은 42살의 나이다. 이 따위 어린 아이들의 기 싸움에 자존심이 상하고, 겁을 먹고서 불쾌해 할 여유조차 그에게는 지금 없었다.

이딴 서열 정리는 졸업하면 영원히 안 볼 사이인데 귀찮기만 할 뿐이다. 뭐가 그리 중요할까?

그래도 너무 무시를 당하면 아예 의자나 칼로 한번 쑤시면 될 것이다.

싸움은 키가 크거나, 덩치가 크면 이길 확률이 상대적으로 높을 뿐이지, 그보다 더 중요한 것은 그게 아니다. 더 중요한 것은 서로 시비가 붙었을 때 그 자리에서 '어떤 수를 써서라도 상대를 짓밟을 수 있는 용기'였다. 그리고 상대에게는 미안하지만, 정현수에게는 그런 용기가 있었다.

이는 마음의 자세이기도 했다. 기 싸움? 그저 웃을 뿐이다. 이미 자살이라는 죽음까지 겪어 보았다. 지금의 그에게 무서운 것이 과연 무엇이 있을까?

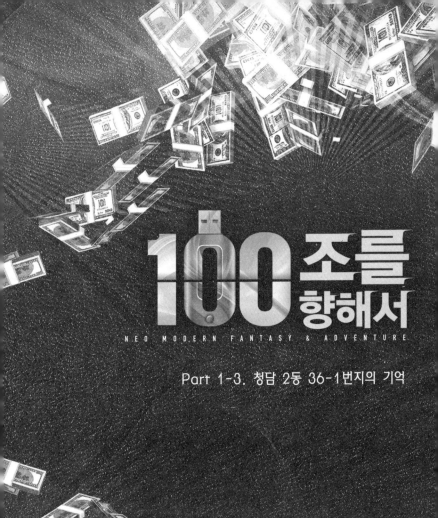

100조를 향해서

NEO MODERN FANTASY & ADVENTURE

Part 1-3. 청담 2동 36-1번지의 기억

Part 1-3. 청담 2동 36-1번지의 기억

현수는 또렷한 표정으로 이종우의 눈을 직시했다.

"야? 시선 다른 곳에 돌리지 말고, 그보다 담배 있냐? 담배 있으면 하나만 줘."

"이야? 너도 담배 펴?"

"흰소리 하지 말고 담배 줘봐."

"웬 일이야? 꼰대 정현수가? 살다보니 정현수가 담배 피는 것 보는 날도 오네?"

"잔소리 하지 말고 줄 거야? 안 줄 거야? 나 바뻐."

"내 참. 씨발! 자, 여기!"

"……"

이종우도 김종태와 마찬가지로 7반 전체에서 보면 속된

말로 이름값이 높은 편에 속했다. 그럼에도 그다지 성격이 나쁜 편은 아니었다. 그는 그 나이 때 보일 수 있는 투덜거림에 가까운 비웃음만 드러내더니 주머니에서 88담배 중 한 개비를 건넸다.

정현수는 이내 신경을 접은 다음, 담배를 한 개비 물었다. 싸한 담배 향기가 폐 속으로 들어왔다.

그 향기는 온 몸을 짜릿하게 만들었다. 그 짜릿함에 흥분했다. 니코틴은 뇌의 신경 세포를 자극했다. 기분이 좋았다. 황홀한 느낌이다.

그는 회귀 전에 이미 하루에 두 갑씩 피우고는 했었다. 허나 회귀 후 정현수의 육체는 고등학생답게 너무 깨끗했는데 그것이 문제라면 문제였다.

이제 겨우 세 모금 째를 들이마셨을 때 그의 신체가 갑자기 지탱하지를 못하고, 술에 취한 아저씨처럼 다리가 휘청거리며 비틀댔다.

이종우는 기가 막힌 듯 투덜거렸다.

"이! 병신! 입담배잖아? 아휴!"

"젠, 젠장!"

머리가 백지처럼 변한 것도 그 순간이다.

이종우는 콘크리트 바닥을 향해 쓰러지는 현수의 어깨를 힘겹게 부축해야 했다. 이를 지켜 본 주위에서는 빈정거리는 비난 소리가 곳곳에서 튀어나왔다.

"저거? 뭐야?"

"정현수? 저거? 자꾸 깝치더니 아주 난리네. 난리야. 큭."

"미친 놈!"

묘한 기분이다. 왜인지 몰라도 기이한 소름이 돋았다.

과거의 현수였다면 지독한 모멸감에 스스로를 갉아 먹으며 어쩌면 깊은 늪에 빠졌을지도 모르리라.

허나 놀랍게도 지금 현수는 그다지 부끄럽지 않았다.

약간 웃겼다. 생각하는 법이 다르니 이토록 홀가분한 것일까? 아이러니하게도 그들의 조롱까지도 재밌었다.

이 기분은 마치 어린 시절 팽이치기를 하다 팽이가 망가지자 동네방네 울고불고 떼를 쓰던 그 철없던 시절과 꽤 닮아 있었다.

그 날 오후 늦게 정현수는 학교를 마친 후, 집으로 곧장 가지 않고 언북 초등학교 근처의 작은 공원으로 향했다.

머리를 정리해야 할 필요성을 느꼈던 탓이었다.

현재 그는 이 기막힌 현실에 대해서 누구와도 마음을 털어 놓고 상의할 사람이 없었다.

무엇보다 정확한 판단을 내려야 할 시점이었다. 회귀 이후, 옳은 방향으로 이끌어 줄 지침서를 만들어야 했다. 그저 멍하니 과거의 추억에 휩싸여서 살다가는 죽도 밥도 안 된다고 생각한 것이다.

가장 먼저 작더라도 돈을 만들어야 했다.

그러기 위해서는 알바 형식의 일자리가 가장 먼저 떠오른다. 아직까지 제약이 많은 고등학생의 신분에 불과했다. 아직 고 3이 남았다. 물론 1년 반이면 이 지겨운 고등학교의 생활이 종료되고, 대학 입시를 준비해야 했지만, 그것도 만만치 않았다.

집안 형편상 대학 진학은 힘들었던 것이다. 물론 현수네 집안이 극빈층은 아니었다. 아버지, 어머니, 누나까지 3명이 매월 고정적인 수입이 있는 데 어찌 가난하다 할 수 있을까?

하지만, 그것은 겉으로 보이는 모습이고, 현재 그들의 집 사정을 몰라서 하는 말일 것이다.

아버지가 과거에 어머니의 반대에도 불구하고, 전세로 살던 지금의 집을 매입했는데, 그 당시 자금이 부족한 관계로 담보 대출을 이용했다. 그런 탓에 지금까지도 매월 대출 이자를 갚느라 온 식구가 허리가 휠 지경이었다. 회귀 전, 그는 나이도 적지 않았다. 사회 경험도 많아서 적어도 이 각박한 세상이 돌아가는 시스템 정도는 충분히 알고 있었다.

과거의 큰 줄기 흐름을 선명하게 안다는 점은 전방이 보이지 않는 컴컴한 동굴 속 미로를 걷는 상황에서 손바닥으로 하나하나 더듬으면서 발걸음을 옮겨야 하는 다른 평범한 존재들과는 확실히 다르다 할 수 있다.

굉장한 이점이다.

기억을 천천히 더듬었다.

현재 1990년의 한국에 과연 어떤 일이 벌어질 것인지를 이제는 스스로 찾아봐야 했던 것이다.

이 예측은 생각처럼 쉬운 일이 절대 아닐 것이다.

회귀 전을 기준으로 2~3년 전, 혹은 10년 전 과거의 기록이라면 머리를 잘 굴린다면 어쩌면 생각보다 쉽게 기억이 날지 모른다. 알다시피 인간의 뇌는 생각보다 기능이 뛰어나기 때문이다.

그러나 시간의 단위가 현실로부터 15년, 20년이 넘어가면 상황은 달라지기 마련이다.

그 사이 그는 뇌리 속의 캐캐 묵은 수많은 기억 창고를 조사하느라 정신이 없었다. 창고문을 순서대로 열면서 그가 원하는 것을 확인하고 실천에 옮기려 했건만, 쉽게 떠오르는 좋은 아이디어가 없었다.

"미치겠군. 이것도 생각보다 머리가 아프네."

정현수는 어떤 사건이 90년에 발생했는지 생각나는 대로 수첩에 적기 시작했다. 아주 사소한 것들이라도 혹시 그의 인생 행보에 도움이 될지 몰라서 꼼꼼하게 다이어리의 첫 장부터 쓰면서 메꾸어 나갔다.

그는 인간의 무의식 속 기억이 예상보다 훌륭하다고 믿

고 있었고, 이 부분을 몸소 체험하고, 확인하기를 진심으로 희망했다.

먼저 떠오르는 단어는 현 대통령인 노태우였다.

고등학생 시절 종로 교보 문고에서 선거 유세할 때 잠시 스치듯 본 것이 전부였지만, 아무튼 첫 번째 연상되는 인물이다.

그리고 또 뭐가 있지? 아, 걸프전이 있었나?

다행히 그는 고등학교 때부터 책도 자주 읽고, 부모님이 보시던 신문도 간간히 접했기 때문에 미국의 부시 대통령 주도로 다국적군이 이라크를 공습하던 장면이 기억나는 것은 당연했다.

어제 잠시 TV에서 이라크가 쿠웨이트를 8월 2일에 불시에 침공해서 이라크의 19번째 속주(屬州)로 삼았다면서 향후 미국과 UN의 대응 방침과 전망에 대해 아나운서가 어쩌고 하는 말이 새록 새록 떠올랐다.

"걸프전이라…. 어디 보자. 지금이 8월이니 이번 겨울? 아니면 내년 봄에 전쟁이 끝나나? 모르겠군."

걸프전이야 워낙에 큰 사건이니 여전히 뇌리속에 있었지만, 정확히 언제 다국적군이 투입되는지는 몰랐다.

당시 걸프전에서 느낀 점은 오직 하나, 미국의 군사력이 정말로 대단해서 감탄을 느꼈던 정도라고나 할까?

걸프전은 후세인의 쿠웨이트 침공에 미국의 부시 대통

령이 다국적군과 함께 이라크를 침공한 사건이다.

당시 미국은 60만에 달하는 이라크군을 순식간에 초토화시키면서 정작 미군은 몇 백 명의 손해만 본 전쟁으로 유명했는데, CNN의 TV 생중계라는 방송 혁명으로 저 멀리 미국 본토에서는 전쟁을 게임으로 희화시켰다는 반발로도 유명했다.

아무튼, 걸프전에서 그가 얻을 것은 없었다.

설령 그가 정확히 걸프전의 발발 시기를 예측한다 해도 그에게 이익이 될 것이 무엇이 있겠는가.

중동에서 연상되는 점은 오일 머니고, 그 중동의 중심에서 전쟁이 터지면 당연히 기름 값이 오를 것이다. 그러면 가능한 것은 석유 가격에 대한 선물 매수가 있으리라.

한 때 과거에 주식 단타와 옵션 매수에 미친 적이 있었으니 이 분야는 나름 전문가 수준으로 지식이 풍부했지만, 결정적으로 그에게는 자금이 없었다.

거기다 자금이 있다 해도, 국제 석유 선물 거래소에서 석유 가격이 상승 할 것이라는 콜 포지션(Call Position)해당 월물 선물에 투자를 해야 하는데 정확한 걸프전 발발 시기를 모르면 잘못하면 눈먼 장님이 문고리 잡기 식으로 손해를 볼 가능성이 높다. 마진 콜의 리스크를 겪어 본 사람이면 함부로 못 덤빈다는 의미이다.

그보다 더 큰 걸림돌은 해외 선물 거래로 접근해야 점이다. 정확한 건 아니지만, 미국 시민권자가 아니거나, 혹은 투자의 주체가 투자 기관이 아닌 개인이 주체일 경우는 자격 자체가 어려울 수도 있었다.

그리고 막대한 기초 증거금의 문제까지 산 너머 산이다.

그는 고개를 내저었다. 걸프전은 어려운가?

그러면 다른 쪽으로 방향을 틀어야 했다.

가장 먼저 떠오르는 분야는 창업 관련 가게다.

이 시대에 무엇이 유행했을까? 천천히 눈을 감고 기억을 쥐어 짜내며 명상에 잠겼다.

PC 방? 조개구이 전문점? 주류 백화점? 닭갈비 전문점? 스티커 자판기? DDR 게임기? 노래방?

대충 기억나는 몇 가지 창업 아이템들이다.

대부분 90년 중반 이후에 가히 폭발적으로 유행하기 시작해서 대한민국 전체에 폭발적인 인기를 자랑하던 것들이다.

그 중 노래방은 일본 가라오케 문화가 들어와 유행하던 것이 시초인데, 80년, 90년대 한국 문화는 일본에서 어떤 아이템이 크게 히트를 치면 2-3년 뒤에 뒤늦게 부산을 통해 유행이 퍼지고, 전국적으로 퍼지게 되는 일정한 양식의 패턴을 그렸다.

정현수는 기억했다. 고등학교 3학년 겨울 성탄절에 친

구들과 술이 떡이 되도록 마시고는 난생 처음으로 노래방이라는 곳에 갔던 것을….

공부라는 지옥의 압제에서 벗어나, 자유를 만끽하면서 미친 듯이 노래를 부르다가 여자들 앞에서 오바이트를 하던 부끄러운 추억이 존재했다. 그러니 당연히 20년이 훨씬 넘게 지난 지금도 사무치게 각인이 된 것이다.

노래방이라? 결론은? 또 돈인가?

과거로 돌아온 후에도 모든 일은 또 다시 돈으로 귀결이 되고 있었다. 마른 침이 꿀꺽 넘어갔다. 독한 꼬냑을 마신 것 같은 씁쓸한 기분이었다.

마음을 진정시켰다.

천천히, 그리고 치밀하게 계획을 세우고 싶었다.

그렇게 한 발자국씩 올라가서 아직도 잘난 척 독야청청 우뚝 서 있는 산봉우리를 정복하기를 원했다.

히말라야 산의 노정을 샅샅이 다 아는 현지인들은 오히려 초짜인 등산 전문가들보다 더 조심한다고 한다. 어설픈 자신감으로 빠르게 산을 등정하려 예기치 못한 폭설이나, 산사태 등으로 돌이킬 수 없는 치명적인 사태를 불러올 수 있기 때문이다.

시간을 확인했다. 아직 6시 반에 불과했다.

현수는 천천히 걷기 시작했다.

강남구청 사거리를 지나 학동 사거리, 압구정 로데오 거리, 현대 백화점까지 발이 부르틀 때까지 걷고 또 걸었다.

거리 곳곳에는 현란한 간판들이 어수선한 건물 위에 걸려 있었고, 그 사이로 피곤에 찌들어 퇴근하는 직장인들과 허름한 자동차들이 바람처럼 스쳐갔다. 현대 엑셀, 대우 르망, 기아 콩코드…, 반가운 이름들이다. 그리고 오래된 과거와의 조우이기도 했다.

2014년의 압구정-청담동-논현동 라인의 빼곡하게 막히던 지옥 같은 교통 정체는 보이지 않았다.

시간이 조금 더 흘렀다. 그의 발걸음이 멈춘 곳은 현대 백화점 건너편 버스 정류장까지였다.

정현수는 모호한 눈빛으로 중얼거렸다.

"다행이네. 예상대로 없어."

단순히 과거의 정취를 느끼기를 원한다는 이유만으로 할 일 없이 이 먼 거리를 도보로 걸었던 것은 아니었다.

그의 동공은 2시간이라는 시간동안 지나치는 상점의 간판을 훑느라 지금은 눈이 벌겋게 충혈까지 될 지경에 이르렀다. 그리고 그런 그의 수고는 생고생이 아니라고 밝혀졌다.

예측대로 대한민국에 대히트를 칠 수 있는 PC방부터 조개구이 전문점, 주류 백화점, 닭갈비 전문점, 스티커 자판기, DDR 게임기, 노래방이 1990년 9월 현시점에서 존재하는 지, 안 하는 지를 직접 눈으로 검증하기를 원했던 것이다.

과거 회귀 전에 가장 가슴 아프게 깨달은 점이 어설프게 일처리를 하고, 그 때문에 적지 않은 돈을 손해 본 경험에 따른 반사 작용이었다. 돌다리도 두들겨 건너라와 같은 속담은 반드시 삼성 그룹에만 해당되는 속담은 아니었다.

"어? 왔냐? 이리로 와."

전자 기타를 등 뒤로 둘러 맨 채로 도도하게 서 있던 박찬형이 정현수를 보더니 반갑게 손짓을 했다.

퇴근 시간이 가까워 오는 이 시간대의 강남역 뉴욕 제과 앞은 예전이나 지금이나 수많은 인파로 여전히 북적거렸다. 시간이 부족한 탓인지 그의 얼굴에는 여유가 없어 보였다. 종종걸음으로 달려오더니 그의 어깨를 잡고는 재촉했다.

"빨리 와. 시간 없다."

"…응, 그래."

"가서 딴 소리하지 말고 그냥 열심히 하겠다고만 해. 거기 부장은 말 많은 것 딱 싫어하는 스타일이야."

찬형은 현수의 집 바로 옆인 판자촌에 살았었다.

코흘리개 시절부터 함께 다녔고 초등학교, 중학교 모두 같은 곳을 다녔던 놈이다. 성격이 원만하면서도 넉살이 좋았던 찬형은 집이 극빈층에 속했다. 그를 키우던 홀로 남은 아버지는 하반신 장애인으로 평생을 그 허름한 판자집에서 술주정만 하다가 돌아가시고야 만다.

그 때문에 찬형은 중 2때 어쩔 수 없이 자퇴를 하고 불과 작년까지만 해도 낮에는 중국집 배달, 밤에는 주방 보조로 일을 했었다.

그러다 얼마 전, 꿈에 그리던 모 밴드의 기타 오디션에 합격해서 어린 나이에 밤무대 행사를 뛰는 중이었으니 나름대로 대견하다 아니 할 수 없으리라.

찬형이 현수를 데리고 들어간 곳은 나이트 클럽인 '탑스타'로서 이 일대에서는 제법 규모가 큰 곳으로 알려져 있다. 벌써부터 문 앞은 시끄러운 음악과 자동차 경적 소리로 혼란스럽기 그지 없었다.

아직 앳된 현수의 모습에 기도, 웨이터의 시선이 의심의 빛으로 순간 쏘아졌다가 휘황찬란한 스테이지의 음향과 함께 빠르게 사라졌다.

둘은 나이트클럽 뒤쪽의 수많은 룸 Room을 지나쳐 구석진 문에 도착했고, 이곳 나이트의 관리 부장이라는 40대 초반의 날카롭게 생긴 남성과 대화를 했다.

그는 거두절미하고 미리 약속된 이야기만 간략하게 다시 확인하며 말했다.

"…시급은 시간당 3천 5백 원이다. 이 정도 시급이면 커피숍 같은데 보다 훨씬 나을 거야. 애초에 말한 것처럼 저녁 5시 반부터 10시 반까지가 근무 시간이고, 나이트 특성상 일요일이 아닌, 월요일에만 쉴 수 있다. 또한 무슨 일이 있어도 한 달 이상은 날짜를 채워야 월급을 다 지불할 테니 그리 알도록."

"네."

"그 외에 기본 조건은 저 놈 통해서 다 들었을 테니… 이 정도만 하자. 그런데… 미안한데 내가 요즘 바쁜데? 나머지 특별히 할 말이라도 있나?"

"…없습니다."

"그래? 원래 고등학생은 여기 취업 시키면 안 되지만 찬형이 부탁도 있고 해서 특별 케이스로 일 시키는 것이니 실망 시키지 마. 알았어?"

현수는 단호한 어조로 대답했다.

"걱정 마세요. 열심히 하겠습니다."

"좋아. 오늘부터 일해 봐."

"그럼."

"고맙습니다. 부장님."

"됐어. 찬형아, 너도 가 봐."

찬형의 인맥 덕분에 그는 예상보다 쉽게 단기 알바 자리를 찾을 수 있었다.

오늘부터 해야 할 일은 나이트의 각종 잡다한 일들이다.

예를 들어 안주용으로 나오는 과일 씻기나 맥주 박스를 트럭으로부터 나르는 일, 홀 정리와 화장실 청소, 웨이터의 각종 심부름 따위다.

현수는 나름 뿌듯함을 느꼈다. 이제야 비로소 돈을 벌 수 있는 기회를 얻은 것이니 찬형에게 작은 빚 하나가 생긴 느낌이다.

목덜미까지 내려오는 긴 머리칼을 연신 찰랑거리던 찬형은 뭐가 그리 기분이 좋은 지 생글생글 웃고 있었다. 그는 복도 중간쯤에서 슬쩍 주먹으로 정현수의 가슴을 장난식으로 치는 척하며 낄낄댔다.

"돈이 급한 상황이라고 듣지 않았다면 솔직히 너까지 여기에 끌어 들이지는 않았을 거야."

"자식, 그래. 찬형아. 고맙다."

"뭘? 그나마 학교 중퇴하고 친구라 부를 수 있는 놈이 몇 명이나 된다고. 이 정도 일도 도와주지도 않으면 어떻게 하겠냐? 아무튼 생각보다 일이 힘들지 몰라도 열심히 해 봐."

"그보다… 넌 어때? 여기 생활? 괜찮아?"

"뭐 그럭저럭. 내가 원하던 음악을 하는데 힘들게 뭐 있 겠냐? 아, 마침 잘 됐네. 너? 그동안 학교 다니고, 나도 바빠서 제대로 만나지도 못했는데 오늘 우리 집에서 자고 가는 게 어때?"

"생각해 볼게. 먼저 부모님께 전화로 허락 맡고 이야기하자. 그 부분은⋯."

"어라? 이 자식 담배도 피냐? 후후."

현수가 주머니에서 담배 한 가치를 꺼내는 모습을 보더니 찬형이 놀랍다는 표정으로 새침떼기처럼 웃었던 것이다. 그는 나지막하게 중얼거렸다.

"어쩌다 보니⋯."

"하하, 쫌생이 정현수도 이젠 어른 다 됐네. 큭. 야! 축하한다."

시끄러운 비트 박스의 팝송이 끝난 후, '리버럴 Liberal'라는 락 그룹이 GUNS N' ROSES의 Patience라는 노래를 열창하고 있었다.

형형색색의 복장과 긴 머리, 그리고 온갖 장신구와 검은 잠바까지.

비록 클럽에서 인기 없는 시간대에 공연을 하는 그룹이었지만, 그 안에서 세컨 기타를 연주하는 찬형의 모습은 평소 그가 알던 그와는 완벽하게 달랐다.

뭐라고 할까? 저 멀리 하늘 위로 산산이 흩어지는 양떼구름 같다고 할까? 노래가 흘러나왔다.

Said woman take it slow

It'll work itself out fine

All we need is just a little patience

Said sugar make it slow

And we'll come together fine

All we need is just a little patience

(inhale) Patience…

Ooh, oh, yeah

보컬과 베이스, 기타, 드럼, 건반의 합주는 마치 망치로 무의식의 세계를 자극하는 것처럼 우리의 영혼을 깨우는 듯 했다. 고음과 저음이 잘 어우러져 꽤 리드미컬했고, GUNS N' ROSES 같지 않은 서민적인 느낌의 어코스틱 선율이 무거운 일상에 대해 음울한 감정을 실어 노래하는 중이다.

곡이 끝나자, 손님의 휘파람 소리, 맥주의 진한 향기, 은은한 사이키 조명이 2천 년대를 경험한 현수에게는 다소 쌀쌀맞은 복고적인 느낌으로 다가올 뿐이다.

100조를 향해서

NEO MODERN FANTASY & ADVENTURE

Part 1-4. 청담 2동 36-1번지의 기억

Part 1-4. 청담 2동 36-1번지의 기억

찬형은 멤버와 헤어진 후, 그와 함께 논현동의 낡은 어느 건물 지하에 있는 연습실로 향했다.

"여기야. 들어와."

"선배 형들은?"

"보컬 형 여자 친구가 미국에서 귀국했다고 해서 연주 끝나고 한잔 하러 간데. 어차피 형들은 따로 집이 다 있으니 오늘은 안 올 거야. 안심해도 돼."

밤 11시가 훌쩍 넘은 시간이었다. 대략 70평 남짓의 지하 공간에 들어선 현수는 신발을 벗으며 찬형에게 웃으며 말을 건넸다.

"너도 가지 그랬어? 왜? 나 때문에?"

"너 때문인 것도 있고 그다지 내키지 않아서 그래."

"그럼 여기서 먹고 자고 하는 건가?"

"그렇지. …뭐. 특별난 게 있겠냐."

"하긴."

"출출한데? 라면 끓여 먹을래?"

"끓여 주면 고맙고."

현수의 시선에 첫 번째 잡힌 물건은 야마하 Tone Generator MU 80 line-in와 roland sound canvas sc-88, Corger x 50 R와 같은 고가의 음악 장비 세트들이었다. 그것들 뒤로 중앙에 위치한 연습실에는 신디사이저 DX-7, 드럼, 전자 기타, 베이스 몇 대, 마이크가 가지런하게 정렬되어 있었다.

찬형은 물끄러미 방 전체를 살피는 현수의 모습에 라면 물을 데우다가 곧장 손짓했다.

"안 돼. 거긴 내 방이야. 너무 자세히 보지 마. 제대로 정리가 안 되어서 좀 그래."

"어, 미안."

그의 말대로 낡은 침대 하나와 구닥다리 컴퓨터, TV, 소형 가구에 밤에 뭘 했는지 뭉쳐진 하얀 휴지 조각들과 과자 봉지들이 너저분하게 굴러 다녔다. 단지 특이한 점은 곳곳에 작곡한 악보 뭉치가 널려 있다는 점이다.

현수는 찬형이 가져 온 라면을 젓가락으로 먹으면서 궁

금한 것들 몇 가지를 즉시 물었다.

"이거? 어떻게 된 거야? 너희 밴드에서 숙식하라고 너한테 빌려 준 건가?"

"응, 이 건물이 원래 보컬 형 아버지 소유라 공짜로 쓰게 된 거지 뭐. 그 대신 청소나 녹음실 관리는 내가 해야 되고."

"이야, 좋은 사람이구나. 요즘 같은 세상에 그런 사람이 어디 있냐?"

"뭐… 그렇지. 그냥 기분파라고 보면 돼."

"아직도 음악 공부해?"

"…난 너희처럼 학교를 다니는 것도 아니니 젊었을 때 음악이라도 배워서 먹고 살아야지. 어떻게 하겠냐?"

"먹고 사는 것은? 수입은 괜찮고?"

찬형은 라면이 좀 짜다고 느꼈는지 냉장고에서 생수통을 가져 오면서 대충 설명했다.

"그냥 그래. 밴드 해서 나이트 몇 군데 도는 중인데 형들이 내 몫도 조금은 나눠주니까… 그다지 나쁘지는 않아."

"괜찮네. 그보다 요즘도 작곡 하냐? 예전에 꿈이 작곡가라고 하지 않았어?"

"말도 마. 몇 년 동안 수십 곡 이상 써봤는데 다 마음에 안 들어. 주변에 음악하는 형들에게 보여줘도 반응이 영 안 좋더라."

"……."

"내가 느낀 점은 확실히 작곡은 재능이 있어야 된다는 거야. 아무리 실용 음악과 나오고 화성법이니 공부를 열심히 해도 결국 대중의 마음을 움직이는 것은 그런 형식적인 몇 글자 악보 따위가 아니야. 쩝!"

찬형은 똑똑한 놈이었다.

어린 시절부터 이른바, 어둠의 길로 불행히도 일찍 빠진 케이스였다 해도, 그는 정말로 음악이라는 학문 자체를 사랑했다. 어쩌면 부모님이 안 계시는 극한의 외로움으로부터 자기 방어 기제로 음악을 선택 했을 지도 모르리라.

어쨌든 그의 기타 실력은 나이와 상관없이 정말 수준급 이상이었다. 작곡을 하기 위해서 있는 돈 없는 돈 아껴가며 적지 않은 가격의 음악 장비들을 하나씩 장만하는 만만치 않은 독기도 가지고 있다.

회귀 전에는 겉으로 웃으면서도 속으로 비수를 꽂던 다양한 군상의 인간을 겪었고, 그에 한없이 실망도 많이 했었다. 허나, 대화를 나누면서 스스로 그 대화의 자격이 부족하다고 느껴야 했던 인물 중 몇 명 안 되는 존재가 바로 박찬형이다.

그는 언제나 당당하다. 또한 순수하였고, 대나무처럼 쉽게 부러지지 않았으며, 상대를 배려하는 이타적인 마음도 가진 인물이다. 얼굴도 마치 만화 속 주인공처럼 잡티 하나 없는 잘 생긴 외모를 가지고 있었다.

순간 찬형은 혼잣말로 중얼거렸다.

"이번에 강수지 보랏빛 향기를 작곡한 형이 아는 선배인데 노래 하나 히트치니까 차를 외제차로 바꿨다고 하더라. 젠장, 나도 꿈속에서 누가 좋은 노래 하나 점지해주면 얼마나 좋아? 칫…."

작곡? 멜로디? 노래? 강수지 보랏빛 향기?

현수의 머릿속은 실이 헝클어진 것처럼 돌연 혼란을 겪기 시작했다. 무언가 그가 알지 못했던 것이 기억의 세계에서 꿈틀거렸던 것이다.

뭐지? 무엇인가 놓친 게 있었다.

그리고 빙고를 외쳤다. 그것은 희열이었다.

마치 콜롬버스가 스페인 함대를 이끌고 미국 대륙을 발견할 때 느껴야 했던 그 감격의 물결이 활화산처럼 솟구쳤다.

그렇다. 그는 이미 2014년까지 히트했던 대중 음악의 흐름을 훤히 꿰뚫고 있는 상황이다. 어떤 노래가 가요계에서 큰 획을 그었는지 눈을 감고도 다 안다.

현재는 1990년이다. 1991년부터 1994년까지 신승훈, O15B , 김광석, 서태지와 아이들, 김건모 등이 차례로 등장할 것이고, 시간이 좀 더 지나면 터보, 박진영, 듀스, H.O.T, G.O.D로 넘어가는 것은 불을 보듯 뻔했다.

물론 정확히 몇 년도 몇 월에 그들이 가요계에 정식으로 데뷔하는 지는 모르지만, 중요한 것은 그게 아니리라.

중요한 점은 그가 미래의 노래를 알고 있다는 점이다.

비록 시간이 많이 흘렀다 해도 확실하게 멜로디 라인을 기억하는 노래는 적어도 수십 곡 이상은 된다. 이 뜻이 의미하는 바는 꽤 컸다.

정현수가 마음만 먹는다면 미래에 히트할 곡을 선점해서 그 스스로 작곡자가 될 수도 있다는 의미이기도 했다.

물론 누가 악보를 만들어 줄 것인지? 제대로 편곡을 끝마친다 해도 과연 어떤 기획사에서 그의 노래를 써줄 것인지? 혹시 무단으로 도용은 안 당할 것인지 등 여전히 검토하고 고려해야 할 변수는 존재했지만.

아무튼 확실히 아는 것과 그것을 행하는 것 사이에는 적지 않은 간극이 있었다. 그 간극을 큰 무리 없이 메꾸는 일은 앞으로 정현수가 해야 할 일이리라.

3일이 지났고, 현수는 주말을 이용해서 청담 파출소 건너편의 재래시장으로 향했다.

손에는 어제 밤에 누나를 졸라서 받아 낸 용돈이 쥐어져 있었다. 그는 복잡한 시장의 골목 중간에 있는, 근처의 유일한 서점 문을 열더니 몇 가지 원하는 것들을 골랐고, 얼마 후, 손에는 꽤 많은 책들이 뽑혀 있었다.

민병철 생활 영어 1, 2, 3권, 정철 영문법 24일, 시사영어 TOEIC 핵심 공략과 중국어 기초 상, 하권, 비즈니스 중국어… 책의 제목들이다.

정식 교과 과정과 연계되는 참고서가 아니라 순전히 언어를 배운다는 측면에서 접근하는 데 적합한 책이었다.

"모두 합해서 얼마죠?"

카운터의 서점 주인으로 보이는 아주머니는 약간 걱정스럽다는 눈빛으로 대답했다.

"음, 아직 학생 같은데 내 입장에서야 책을 많이 사주면 좋지만, 솔직히 이렇게 많은 외국어 책이 과연 학생에게 필요할지 모르겠네?"

"걱정 마세요. 저도 나름 생각이 있어서 고른 것이니까요."

"영어야 그렇다 치고, 중국어라니?"

"왜요?"

"중국은 공산주의 국가 아니야? 쓸 기회가 없잖아? 그냥 요즘 대세인 일본어 책이 더 나아 보이는데…."

현수는 계속되는 질문에 약간 정색을 하더니 난처한 빛을 띄웠다.

"죄송합니다. 그냥 계산해주세요."

"그래. 내가 주책이지, 미안하구나. 어디 보자… 총 8권이니까, 62,450원이네."

"여기요."

"잔돈 여기 있다."

"그럼, 안녕히 계세요."

"잘 가. 학생, 다음에 또 오고."

책이 무겁기는 무겁나 보다.

현수는 오른손으로 쇼핑백을 들다가 손이 저리면 왼쪽 손으로 다시 들면서 집을 향해 걸음을 재촉했다.

잠시 신호대기가 걸린 횡단보도 앞에서 책이 담긴 쇼핑 백을 내려놓으며 생각했다.

2014년의 중국에 대한 인식이 한국인의 눈에 '혐오' 였 다면, 20년이 훨씬 지난 1990년의 중국에 대한 인식은 서 점 주인의 태도로 보아 '무지' 라고 느껴진 것이다.

하긴, 지금의 중국이라는 위치는 과거 한국이 북한을 바 라보는 그 시선과 크게 다를 바 없을 지도 모른다.

그렇다 해도 얼마 후, 한국과 중국이 그동안의 적대 관 계를 청산하고 국교를 수교하는 세계적으로 큰 사건이 발 생하게 될 것이다.

그 시점이 1991년인지, 혹은 92년인지는 몰라도 노태우 정권 시절에 이루어졌다는 것은 기억을 하고 있으니 지금 부터 시간은 그리 많이 남아 있지 않았다.

빨리 미래에 대비해야 했다. 그는 남아 있는 고등학교 1 년 반의 정규 수업 시간 동안 영어와 중국어만 집중적으로 파고들 계획이다.

어차피 현 시점으로부터 회귀의 시작은 시간이 많지 않았다는 단점으로 예전과 같이 대학 진학 능력은 쉽지 않았고, 설령 가능하다 해도 금전적으로 받쳐주지를 않았던 것이다.

그런 관계로 향후 남은 수업들인 수학, 과학, 사회, 미술, 음악 따위의 잡다한 부류들은 선생에게 혼이 날 것을 단단히 각오 하고, 기본만 하면서 대충 버틸 생각이다. 시간의 효율적인 배분과 집중의 전략이기도 하다.

사실 당시만 해도 워낙에 학생의 숫자가 많았기 때문에 적당히 요령껏 다른 과목을 공부하거나 엎드려 잠을 자도 선생들이 봐주는 경향도 감안한 것이라 할 수 있었다.

과거 그의 영어 실력은 기초부터 형편이 없었다.

하지만, 영어는 반드시 배워야 했다. 근 미래에 전 세계를 선도하게 될 Google, Apple, Face Book과 같은 메이저 기업의 초기 선점을 위해서라도 영어를 어느 정도 수준까지 끌어 올릴 필요가 있었다.

중국어의 경우에는 조금 다른 케이스인데 과거 젊었을 적에 제대로 어느 한 분야에 정착을 하지 못하고, 이리저리 배회를 하다 어쩌다보니 중국 본토까지 파견 나간 적이 있었다.

그 때는 돈이 아까워서 중국 공장의 기숙사에 거주 했었
고, 그 때문에 타국 생활의 외로움으로 난생 처음으로 모
질게 중국어 공부를 한 경험이 있었다. 결론적으로 그는
중급 정도의 수준은 되는 상황이었다.

그러니 영어와 중국어를 배운다는 것은 다가올 미래의
변화에 신속한 대처를 위해서라도 중요한 선택의 분기점
이 아니라 할 수 없다.

찬형은 최근 선풍적인 인기를 끌고 있는 야마하 신디사
이저 DX-7의 변환 잭 Jack을 컴퓨터 뒤의 스피커 근처
슬롯의 구멍에 연결하고 있었다. 그 후, 진공관 앰프
AMP 의 출력 버튼을 이리저리 돌리며 조작하더니 486
컴퓨터의 화면을 응시하며 키보드를 순서에 따라 눌러댔
다.

찬형은 예리한 눈빛으로 미디 시퀀서 MIDI Sequencer
인 Cakewalk를 오픈했다. 그와 함께 마이크 앞에 대기하
고 있던 현수에게 사인을 보냈다.

그러자 현수가 그 자리에서 노래를 시작했다.

난 너를 믿었던 만큼 난 내 친구도 믿었기에
난 아무런 부담 없이 널 내 친구에게 소개 시켜줬고
그런 만남이 있은 후로부터 우리는 자주 함께 만나며

즐거운 시간을 보내며 함께 어울렸던 것뿐인데

그런 만남이 어디부터 잘못 됐는지
난 알 수 없는 예감에 조금씩 빠져들고 있을 때쯤
넌 나보다 내 친구에게 관심을 더 보이며
날 조금씩 멀리하던 그 어느 날
너와 내가 심하게 다툰 그날 이후로
너와 내 친구는 연락도 없고 날 피하는 것 같아.

그제서야 난 느낀거야 모든 것이 잘못돼 있는 것을
너와 내 친구는 어느새 다정한 연인이 되어 있었지
있을 수 없는 일이라며 난 울었어
내 사랑과 우정을 모두 버려야 했기에
또 다른 내 친구는 내 어깨를 두드리며
잊어버리라 했지만 잊지 못할 것 같아

마치 속사포와 같은 비트가 담긴 멜로디였다. 노래를
부르는 보컬인 현수는 타인이 듣기에 결코 좋은 발성이라
할 수 없었지만, 그렇다고 아주 형편없는 수준은 아니었
다. 사실 이 자리는 그의 목소리를 평가하는 자리는 아니
었다.

전체적으로 이 노래는 힙합과 댄스 느낌이 잘 조화된 빠

른 템포의 곡으로서. 매우 흥겹고 전율이 흐를 정도로 기분이 고조되는 노래이기도 했다. 다른 한편으로는 아직까지 한국의 보편적인 정서에는 잘 어울리지 않는 단점도 존재했다. 물론 지하 연습장에 방음 시설이 잘 되어 있었고, 토요일 오후라는 한가한 시간대로 인해 바깥까지 퍼질 일은 없겠지만….

그렇게 찬형은 이것저것 고민을 하다가 거기서 잠시 끊었다.

"그만!"

"왜?"

"잠깐, 좀 있다 이야기하자. 코드 좀 수정하고. 도미파? 레미파? 나나나나나나나? 이랬나? 휴우."

멜로디에 맞추어 건반을 치고 있던 찬형은 보면대 위에 걸어 놓은 조금 전 그가 만든 악보의 음표를 지우고 다시 그리는 작업을 반복했다.

"라라라라랄, 라라랄랄랄라. 그 어느 날 너와 내가 심하게 다툰 그 날 이후로…."

찬형은 평소와 다른 모습을 보여주었다. 그의 두 눈에는 열정과 패기가 동시에 존재하였고, 그 때문일까? 이번에는 아까 허밍으로 녹음한 노래에 대충 덧붙였던 기타 코드가 여전히 마음에 안 들었는지 다시 손을 보는 중이다.

"…그제서야 난 느낀거야 모든 것이 잘못돼 있는 것을 Em, C… 너와 내 친구는 어느새 다정한 연인이 되어 있었지 D, A7인가? 음, 아니면 B7? 아, 헷갈려."

100조를 향해서

NEO MODERN FANTASY & ADVENTURE

Part 2-1. 미생 未生 - 아직 살아남지 않았다

Part 2-1. 미생 未生 - 아직 살아남지 않았다

　　그는 펜으로 코드를 긋고 지우는 작업을 여러 번 하면서 정확한 화음을 맞추는 데 푹 빠져 있었다. 그렇게 7번째 소절에서 막혔다가 끝내는 가장 비슷한 음역대를 찾고 말았다. 찬형은 일부분을 완성하자 기쁨에 외쳤다.

　　"오케이! 그 다음!"

　　하지만 그와 반대로 친구 현수는 이런 장시간 작업에 익숙한 인물이 아니었다. 정현수는 마이크에서 손을 떼더니 이마에 흐르는 땀을 닦은 후에야 소파로 가서 털썩 주저앉았다.

　　"찬형아. 좀 쉬었다 하자. 벌써 3시간째야."

　　"많이 힘들어? 뭐 그렇다면야."

정현수는 스스로 운이 좋다고 생각했다.

드디어 친구의 도움으로 도약을 할 수 있는 작은 디딤돌을 찾아낸 것이다. 그렇다. 가장 현실적인 방법의 하나, 그것은 히트곡의 선점이다.

앞으로 다가올 근 미래의 대한민국을 휩쓸었던 유수의 히트곡들 중 다수를 알고 있었다. 또한 그 중 아직까지도 가사를 기억하고, 멜로디 라인을 아는 노래가 수 십 곡이 넘는다.

작곡의 기본 뼈대는 뭐라고 해도 뛰어난 멜로디가 가장 우선시 된다. 작곡은 화성법(和聲法)이라고 부르는 선율의 조작을 통하여 각 화음을 연결하고 잇는 음표의 연합이다. 그리고, 그 위에 악보라는 코드를 덧씌우며 드럼과 같은 이펙트 효과를 입히는 것이라 할 수 있다.

현수가 찬형에게 들려준 노래는 김건모의 '잘못된 만남' 이다. 굉장히 빠른 리듬을 바탕으로 90년대 가요계를 강타했던 대표적인 노래 중 하나였다. 정현수는 궁금한 눈빛으로 질문을 던졌다.

"그보다 이번에 내가 작곡한 노래? 네가 볼 때 어때? 멜로디가 괜찮은 것 같냐?"

"……."

"왜 대답을 안 해? 아무 말이라도 좋으니 느낌을 이야기 해 봐."

찬형은 현수의 말에 미묘하게 인상을 일그러트리더니 나지막한 어조로 대꾸했다.

　"아직 모르겠어. 멜로디는 뛰어난 것 같아. 아니! 빠른 템포에 발랄하면서도 굉장히 듣기에 경쾌해서 어쩌면 히트를 칠지 모른다는 생각도 들어. 하지만…."

　"하지만? 뭐?"

　"문제라면, 너무 느낌이 좋다는 게 문제야."

　"그게 무슨 뜻이야? 혹시 판단이 잘못될까봐 그런거야?"

　"뭐 그럴 수도 있겠지. 네가 전문적인 작곡가라면 몰라도 그렇지 않은 상황이라서. 좀 걱정되는 건… 내가 전문가도 아니고 특히나 대중음악이라는 것은 듣는 이에 따라 저마다 받아들이는 감흥이 다를 수가 있어. 거기다 네 노래 실력도 그다지 좋은 편이 아니라 혹시 잘못 판단한 건 아닌지 100% 확신을 못하겠다는 뜻이야. 아, 물론 오해는 하지 마. 곡 자체는 다시 말하지만 아주 좋아."

　현수는 전체적으로 의미를 이해하겠다는 듯이 살짝 웃었다.

　"됐어. 그 정도로 상처 받을 사람 아니니까."

　"그런가? 그리고 노래 자체가 워낙 실험적인 요소가 강한 것도 그렇고…. 우리야 원래 메탈 전문 그룹이니 네 노래가 특이하다고 느끼지 않지만, 너도 알잖아? 요즘 트렌드가 어떤지를?"

"흠, 가요 톱 텐 보니 대부분이 발라드와 댄스더라."

찬형은 목이 탔는지 콜라 한 캔을 따서 위장으로 쏟아부으며 말을 덧붙였다.

"그런 걱정도 조금 있어."

제목 잘못된 만남, 김건모의 대표적인 히트곡이다. 어제 밤에 몇 시간에 걸쳐 검토 끝에 과거부터 알고 있던 대중 가요 히트 곡 중 적합하다 생각해서 따온 곡이다.

어쩌면 어떤 이는 왜 잘못된 만남이냐고 반문할지도 모른다. 이 곡보다 훨씬 더 퀼리티가 좋은 곡이 더 많은데 좀 아쉽다고 불만을 토로할 수도 있으리라.

하지만 그의 가치관은 조금 달랐다. 클론의 쿵따리샤바라, 빅뱅의 마지막 인사, 아니면, 작년에 전 세계를 휩쓸며 결국 빌보드 2위에 등극한 PSY의 강남스타일처럼 작곡 기법이 세련되고 멋진 곡들도 많이 존재했다.

그럼에도 이런 곡들보다 잘못된 만남을 고집한 이유는 지금이 1990년이라는 점이다.

전설로 회자되는 서태지의 '난 알아요'가 어느 모 TV 프로에서 심사 위원에게 혹평을 받은 것도 당시의 가요계 분위기와 맞물려 있다 아니 할 수 없을 것이다.

그것은 확신이다. 그는 지금의 사회 분위기에 현대의 최신 노래가 어울린다는 확신이 없었던 것이다.

DAW (digital audio workstation)로 지칭되는 오디오 작업 프로그램의 등장과 아날로그에서 디지털로 변환되며 기계 장치 성능의 고급화로 좀 더 음원의 퀄리티는 높아졌겠지만, 예전에 비해 현재의 음악이 더 수준이 높다는 점은 동의가 어려운 부분이기도 하다.

　그나마 잘못된 만남은 지금부터 4-5년 후에 발표된다는 시기의 동질성과 그러면서도 미래 지향적인 퀄리티를 갖추고 있다.

　또한 가수에 대한 인기 때문에 본의 아니게 곡이 안 좋았음에도 쉽게 인기를 얻는, 쉽게 말해 곡 자체에 실망감을 느낄 수 있는 경우도 철저하게 배제를 했다.

　찬형은 당시 꽤 놀란 토끼 눈으로 친구의 절대 음감에 대해 추켜세웠고, 서로 긴 대화 끝에 곡의 형태로 만들기로 결심한다.

　그리고 지금 찬형의 속내는 이토록 놀라운 곡을 작곡한 현수의 재능을 아끼면서 극찬을 하고 싶었지만, 혹시라도 스스로의 재능을 믿고 자만감에 대한 우려로 경계하는 모습도 보였다.

　"어쨌든 내 느낌은… 몇 가지 걱정되는 부분이 있는 것은 사실이지만 노래가 죽이는 건 진짜야."

　"고맙다."

　"자식! 나중에 잘 되면 나 모른 척하면 죽을 줄 알아."

"그럴 리가 있겠어?"

"오! 천재 작곡가!"

"큭!"

찬형은 기타의 스트로크를 튕기며 웃고 있는 현수를 보고 있었다.

저절로 감탄사가 나왔다. 현수는 그처럼 작곡의 기본인 화성법이나 대위법 따위를 배운 적이 없는 것으로 안다. 물론 세상에는 아주 가끔씩 상상을 초월하는 천재들이 출현하기는 한다. 하지만 어린 시절부터 봐온 정현수는 미안하지만, 그런 천재의 범주에 들어간다는 자체가 아무리 생각을 해도 미스 매칭이리라.

원래 화성법이란 넓은 의미로 볼 때, 인간에게 가장 최적화된 화음의 조합이라 할 수 있다. 이런 화음은 이론상 무한에 가까운 경우의 수가 존재하기 때문에 역설적으로 화성법을 익히지 않은 상태로 작곡을 하는 사람은 쉽게 말해 백사장에서 모래알 찾기처럼 어렵다 아니 할 수 없다.

으뜸화음, 버금딸림, 딸림화음과 같은 단어도 모르는 놈이 이런 노래를 작곡하다니… 그는 기타를 튕기는 동작을 멈추더니 현수를 보며 살짝 질투심에 휩싸였고, 다소 과장된 표정으로 언성을 높이며 투덜댔다.

"뭘 봐? 젠장할! 누구는 몇 년 동안 잠도 제대로 못 자고 수 십 곡을 만들어도 안 되는 데, 어떤 놈은 단 하루 만에 이런 곡을 만들어 내다니. …나 원! 세상 너무 불공평하지 않아? 씨발! 앞으로 작곡하면 내가 이름을 갈아 버린다. 쳇!"

현수는 차분한 표정으로 부드럽게 미소를 드러내며 찬형을 다독거렸다.

"아니야. 이건 너의 도움이 없었다면 절대 못 만드는 노래야. 다음 주에 각 기획사에 돌릴 때 너와 공동으로 이름 쓸 테니 그리 알아둬."

"…됐어. 네 등에 얹혀서 가기 싫다. 그냥 너 혼자 이름으로 내."

"되기는 뭐가 돼? 니가 없었으면 내가 데모 테이프나 만들었겠냐? 잔말 말고 내 말대로 해."

찬형은 순간 왜인지 몰라도 먹먹해지는 느낌을 받았다.

사실 별 것 아닌 말에 불과했다. 그럼에도 그 별 것 아닌 배려에 그만 코끝이 찡해오는 것을 느꼈던 것이다.

나이가 먹어서일까?

그도 아니면 이 거칠고 험한 세상의 풍파에 보살핌을 받지 못한 어린 소년이 저 큰 파도와 맞서기 위해 갈아야 했던 칼날이 무뎌져서 그런 것일까? 모르겠다. 아니, 알고 싶지 않다.

그의 눈엔 몇 달 전, 알고 있던 그 철이 없던 소년, 정현수가 아니다. 어느새 부쩍 거대한 산처럼 부쩍 커 버린 모습이다.

찬형은 다시 기타 선을 조율하며 말했다.

"자, 다시 시작! 오늘 안으로 끝내자."

창 바깥은 구름 한 점 없이 모처럼 햇볕이 쨍쨍한 날이었다.

"예? 없다구요? 다시 한번 확인해주세요. 한국 음원 저작권 협회나 혹은 음원 협회 이런 비슷한 것으로요."

"네, 죄송합니다. 고객님."

"아, 알겠습니다."

현수는 다이얼 유선 전화기를 힘없이 내려놓았다.

"…휴우."

음원 저작권 협회가 없었다. 어쩌면 이 시대에서는 당연한 일임에도 아직도 2014년 한국을 살고 있다고 착각탓인지 '잘못된 만남'의 음원에 대해서 저작권 보호를 받을 수있는 단체를 찾아 114 서비스를 열심히 눌러댔다. 일부러 학교까지 조퇴하고 준비한 계획이다.

그러나 결국 한숨을 내쉴 수밖에 없었다. 아무래도 저작권 인정은 포기해야겠어. 하지만? 녹음된 테이프를 음반사나 기획사에 보냈다가 만약 그들이 꿀꺽한다면?

과연 대비책이 있을까? 머리 아픈 문제다. 너무 민감하게 고민을 하는 것은 아닌지 가끔은 스스로에게 짜증도 났다. 나이는 18살이지만, 정신 연령은 40대에서 오는 괴리감일 것이다.

전생에 있어서 해외 바이어와 수개월에 걸쳐서 계약 직전까지 가다가, 바로 당일 날 계약이 결렬되는 경우도 종종 있었다. 특히나 돈이 크게 걸린 분야일수록 더 심했다. 그만큼 인간이라는 존재가 물질 앞에서 정직해지기 힘들기 때문인지도 모른다.

기획사에서 그가 보내 준 곡이 마음에 들고, 작곡에 대한 비용을 주는 것이 아깝다고 느낀다면, 샘플링 형태로 멜로디가 좋은 소절 일부만 채취해서 새로 작업을 할 수도 있었다. 그리고 그런 행위를 막는 것은 요원했다.

현수는 눈을 감고 무언가를 깊게 생각하다가 찬형에게 다이얼을 돌렸다.

"으음, …뭔 일 있냐?"

"자냐?"

"응, 아함, 졸려 죽겠네."

"저기, 네가 아는 사람 중에 혹시 캠코더 가진 사람 있어?"

"캠코더? 그건 뭐하게?"

"며칠만 뭐 좀 찍고 돌려줄게. 그러니 좀 빌려주라."

"밴드의 준수 형이 가지고 있는 것은 아는 데 과연 그 비싼 물건을 빌려줄까? 아무튼 내가 한번 부탁해보지 뭐."

"그래. 고맙다. 찬형아. 빌릴 수 있으면 전화 줘. 내가 너희 연습실로 갈게."

"오케이. 알았어. 수고해."

전화 통화가 끝난 후, 찬형은 다행히 캠코더를 빌렸고 연습실에 온 현수에게 소니 8mm 캠코더를 넘기면서 신신당부도 잊지 않았다. 한국에서는 쉽게 구하기 어려운 제품이라면서 몇 번이나 주의를 부탁한 것이다.

그는 매우 바쁜 듯 지방으로 밴드 공연을 가야 한다며 키를 맡기더니 이내 자리를 떴다. 정현수는 찬형이 사용하던 TV의 전원을 켰다. 다행히 KBS에서는 7시 뉴스가 시작되고 있었고, 즉시 캠코드를 'REC'로 맞춘 후, 아나운서의 뉴스 몇 토막을 실시간으로 녹화했다.

뉴스 중 오늘 날짜가 명확히 나오는 부분은 확실히 찍었는데 현재의 녹화 시점을 법률적으로 명확히 해두기 위한 꼼수라 할 수 있었다.

순간 묘한 웃음이 나왔다. 스스로 생각해도 쫌생이 같은 느낌이었다. 하지만 아무래도 이렇게 하는 것 외에는 특별한 방법이 없었다.

곧이어 테이프에 녹음되어 있던 '잘못된 만남'을 오디오 플레이어에 집어넣고 튼다.

데모 테이프에서 아마추어 냄새가 물씬 풍기는 그의 목

소리가 흘러나왔다. 음정이나 박자가 미묘하게 서툰 느낌이다. 약간 거북하면서도 부끄러운 기분이다.

허나 중요한 것은 그게 아니었다. 그는 볼륨을 적당한 수준으로 조절한 후에 주위에 노이즈가 안 들어가기 위해 숨소리 하나 내지 않고 있었다.

마침내 녹화를 종료한 현수는 천천히 문제점은 없는 지 검토하고 또 검토했다. 그리고 미리 준비한 공 테이프 10개를 빠르게 복사했다.

복사된 각각의 테이프 윗면에는 정성들여서 '잘못된 만남 블루튼 BlueTone 작사/작곡 1990. 10.03 저작권 도용 불가' 라고 수성 펜으로 마침표를 찍었다.

마지막으로 그는 어제 밤늦게까지 썼던 편지지를 꺼냈다. 국내 유수의 음반사와 기획사에 보낼 10장에 달하는 편지지에는 이렇게 내용을 쓰여 있었다.

(지구 레코드 프로듀싱 팀) 귀하.

안녕하십니까.

어린 시절부터 음악가의 꿈을 꾸던 정현수라는 사람입니다. 미국 산타모니카 시절, 단지 동양인이라는 이유만으로 백인 아이들에게 몰매를 맞고, 심지어는 나무에 매달려 온갖 비하를 당한 적도 있었습니다. 그 때의 사건 이후로 타국 생활의 차별과 외로움에 대한 탈출구로 음악에 심취했습니다. 또한 그러다 보니 작곡에도 손을 대게 되었습니다.

최근에는 운이 좋아 재작년에 Black Fast Club 의 앨범 Right on Track의 다섯 번째 수록곡인 Respect Your self 와 올해 Rick Astley 의 앨범, She wants to dance with me 의 일곱 번째 수록곡인 Keep on movin' 에 저희 작곡팀 블루톤 Blue Tone이 참여한 적이 있습니다. … 중략 …

이번에 제작한 노래 '잘못된 만남' 은 강렬한 랩 도입부와 빠른 비트와 흥겨운 리듬을 구현하여 최대한 대중 친화적으로 편곡을 했습니다.

메탈, 록, 일렉, 댄스, 발라드, 힙합 등 딱히 가리는 분야는 없는 편이고, 미국에 정식으로 음원으로 등록한 2곡 외에도 미국 생활 시절 그 쪽의 인디 밴드 친구들과 만들었던 다수의 좋은 곡들이 아직도 제 손에 있습니다.

만약 제 곡을 들어 보시고 마음에 드신다고 생각하시면 언제든지 전화를 주시면 됩니다. 저 역시 미국의 최근 음악 트렌드를 바탕으로 한국 음악이 발전할 수 있는 양국 사이의 가교 역할을 하고 싶습니다.

참고로 저에게는 금전적인 부분보다 더 중요하게 생각하는 것은 저작권입니다. 약간의 이익을 더 얻기 위해 저의 땀과 열정이 담긴 노래가 무단으로 사용되는 경우는 없을 것으로 믿습니다. 저희와의 계약이 훗날 귀사의 미래에 무궁한 발전에 도움이 되기를 진심으로 원합니다.

감사합니다.

- 작곡 팀 블루툰 Bluetune -

꽤 장문의 글이었고, 처음부터 끝까지 거짓으로 점철된 내용의 연속이었다. ( ) 라고 서두에 빈칸을 쓴 것은 그에 맞는 회사명을 쓰기 위함이다.

마지막에 블루툰이라고 영문 명칭을 쓴 것도 딱히 생각나는 명칭이 없어서 그런 것에 불과했다.

회귀 전, 카라의 노래를 우연히 듣다가 앨범에 적혀 있던 작곡가의 명칭인 스윗툰이 떠올라서 이름을 변형시킨 것이다. 그 이면에는 우선적으로 그의 본명이 외부로 노출되는 것을 꺼려하던 속마음도 작용했다.

그는 작곡으로 버는 돈으로 기반을 마련하기를 원했을 뿐, 실제로 이 세계에 본격적으로 뛰어들 생각은 눈곱만큼도 없었다.

사실 곡의 멜로디만 그가 만들고 나머지 코드와 편곡, 믹싱 등은 찬형이 했으니 처음부터 공동 작곡가로 이름을 올리는 것이 서로에게 최선일 것이다.

"거짓말이라. 휴우."

그리고 약간 양심의 가책을 안 받는 것은 아니다. 하지만 현실과 맞대면하면서 이렇게 글을 적을 수밖에 없기도 했다. 아무리 맛있는 떡이라 해도 데코레이션의 유무에 따라서 작곡한 노래의 평가가 달라지는 것은 인간의 기본적인 심리다.

그가 도용한 김건모의 잘못된 만남은 노래가 나오자마자 1위를 휩쓸고 그 해 상이라는 상은 다 휩쓸만큼 좋은 노래라는 것은 확실했다. 대중이란 어느 하나의 존재가 아니다. 대중이란 불특정 다수의 수천, 수만 이상의 개인이 모여 만든 집합체라 할 수 있다.

그 대중의 눈에 선택되어진 곡인데 과거라고 다를 것은 크게 없을 것이다. 하지만, 일단 음반사나 기획사에 선택되어야 대중의 선택이라는 자격을 얻게 된다.

이 시대의 가요계는 철저하게 썩었고 부패되었다.

그리고 모든 시스템이 한심할 정도로 주먹구구식이기도 했다. 영화에서 흔히 보면 주인공이 원하는 대로 꿈은 다 이루어지고 모든 것이 순리에 따라 쉽게 해결이 되면 그것은 더 이상 현실이 아니다. 현실이란 정말로 냉정하고 살벌했으며, 각박한 곳이다.

10군데 음반사, 기획사에 그가 작곡한 테이프가 보내진다고 가정하면 가장 먼저 누가 읽어 볼까?

사장? 틀렸다. 부장? 틀렸다. 대리? 틀렸다.

미안하지만 가장 먼저 우편물을 확인하는 주체는 일개 말단 여직원의 몫이 될 것이다.

그리고 그 여직원 중 일부는 지치고 힘든 하루의 일상때문에 어쩌면 우편물의 겉표지조차 뜯지 않고 무명 작곡가의 피땀 흘려 만든 창작물을 쓰레기통으로 직행시킬 수도 있었다.

설령 확인을 하더라도 대부분은 해당 담당자의 손에서 끝나고 말 것이다. 왜냐구? 정현수처럼 작곡가로서 입문을 꿈꾸는 초보들은 많았기 때문이다.

그는 '미국'이라는 이름이 주는 영향력이 이 나라 이 땅에서 얼마나 잘 먹히는 지도 안다. 과거 한류로 해외에서 명성을 떨치던 2014년의 현대 한국에서조차 PSY가 빌보드 2위를 찍고, 미국 본토 유명 토크쇼에 나가자 대한민국 전체가 떠들썩했던 적도 있었다.

100조를 향해서

NEO MODERN FANTASY & ADVENTURE

Part 2-2. 미생 未生 - 아직 살아남지 않았다

Part 2-2. 미생 未生 - 아직 살아남지 않았다

지금은 더 하면 더 했지 덜하지 않으리라.

작곡한 노래?

실제 Black Fast Club 라는 그룹과 Rick Astley 라는 가수는 존재했다. 허나 유명하지 않았다. 그 정도가 딱 적절했다.

너무 티가 나는 거짓말은 타인에게 반감을 살 수 있지만, 진실 속에 약간의 거짓은 오히려 자신의 가치를 더 높일 수 있다는 것을 그는 알고 있었다.

그 후에 신의가 없는 놈이라 찍혀도 결국 그가 '을'이 아닌 '슈퍼 을' 혹은 '갑'이 된다면 그딴 것은 그리 중요하지 않다는 사실을… 고작 사회에서 엮인 친분 관계 따위

113

로 순수한 우정을 논하는 것도 코미디가 아닐까?

이 정도 프로필은 되어야 어느 정도 소위 말하는 '급'이 되는 인물에게 어필이 가능했다. 양심? 미안하지만, 냉정한 비즈니스 세계에서 양심이라는 것은 그다지 중요한 기준점이 될 수 없었다.

"이렇게는 더 이상 안 돼. 여자 가수는 웬만해서는 성공시키기 힘들다는 이 바닥의 기본 룰도 아직 모르나? 가요 Top 10의 엽서 투표인단 중 절반 이상이 특정 팬클럽 애들인데 대다수가 10대 여학생들이야. 이 봐? 너 같으면 이 애들이 이쁜 꽃미남 애들을 찍을까? 아니면 여자 가수에게 투표할까?"

"죄, 죄송합니다."

"죄송하기는 개뿔! 왜 이렇게 머리가 안 돌아가? 이래 가지고 밥 먹고 살겠어? 여러분들이 고생한 건 알지만 미안한데… 이 기획안은 힘들어. 그러니 그리 알도록."

나라 기획의 유민수는 신인 여가수 발굴에 대한 기획서에 불만이 많은 지 테이블을 살짝 내려치면서 한바탕 훈계를 하는 중이다. 그의 좌우로는 회사의 전부라 할 수 있는 전무와 상무, 부장과 직원 몇 명이 의자에 옹기종기 모인 채로 오너 말을 경청하고 있었다. 다시 이야기는 이어졌다.

"소방차나 박남정 같은 애들 어디 없나? 에휴. 그런 애들 찾기 어려우면 노래로 승부를 보든지, 대체 정신을 모두 어디에 놔둔거야? 요즘 트렌드도 못 읽고 대체 뭐하는 짓이야? 돈이 썩어 돌아? 송 상무? 요즘 앨범 하나 내는데 돈 얼마나 드는지 알아?"

　"……."

　"내가 혈압이 올라서…."

　"모두 제 부덕의 소치입니다. 열심히…."

　"열심히는 무슨! 푸른 하늘 어떻게 되었어? 또 서라벌에서 빼 간 거야?"

　"어제 위약금 입금하고 소속사를 옮긴다는 내용 증명을 받았습니다."

　"젠장! 씨발 새끼들! 진짜 너무 하네! 우리 소속사 가수들이 봉이야? 당장 소송 걸어."

　"그게 아시지 않습니까? 소송해봤자 이기지 못한다는 것을."

　"그리고 양수경은? 재계약 한데?"

　제작 및 관리 담당인 이명재 부장은 사장의 호통에 고개를 차마 들지 못하고 침울한 기색이 역력했다.

　"양수경씨의 경우는 다수의 기획사에서 눈독 들이고 있어서 계약금과 계약 조건을 더 좋게 제시하지 않으면 떠날 가능성이 꽤 있어보이는 눈치입니다."

"이 부장! 그 동안의 친분을 내세우든, 사정을 하든지! 무릎 꿇고 빌든 무조건 계약해! 만약 계약 못하면 당신들도 사표 쓸 생각해. 당장 다음 달 돌아오는 어음이 얼마인지 알기는 아는 거야? 회사 부도 맞으면 나만 죽을 것 같아? 모두 나가!"

유민수는 골이 지끈거리는 것을 느꼈다.

원래 그의 성격이 이렇게 부하 직원에게 고함을 치는 스타일은 아니었다. 하지만 야심차게 준비한 신인 그룹두 팀이 연달아 망하고, 기존에 있던 에이스들도 회사의 비전이 어둡다 판단했는지 연이어 떠나면서 회사는 크게 흔들리는 중이었다.

원래 유민수는 메이저 음반사인 서라벌 출신이었는데 그 경험을 바탕으로 나라기획을 창립했다. 그 때문에 서라벌과 나라기획은 원래부터 껄끄러운 사이였는데 최근에 나라기획에서 키운 푸른 하늘이 인기를 끌자 아예 대놓고 낚아채 간 것이다.

오아시스, 지구, 서라벌, 예음 등 이른바 메이저 음반사들은 저마다 회사 소유의 스튜디오가 있었고, 캐스팅, 녹음, 제작, 디자인, 유통, 매니지먼트까지 원스톱 One Stop 시스템을 갖추고 있었다.

현재 국내 가요계는 유래 없는 황금기에 진입을 하고 있었지만, 반면에 이런 메이저 음반사를 롤모델 Roll Model

로 신생 중소 기획사들이 우후죽순처럼 생겨나던 시기이 기도 했다.

경쟁은 당연히 치열해졌다. 여기서 죽어나는 곳이 나라 기획 같이 중간의 어정쩡한 포지션을 가진 곳이다.

유민수는 오랫동안 이 계통에 있었던 관계로 풍부한 인맥과 처세술, 탁월한 기획력을 갖춘 이라 할 수 있다. 하지만 워낙에 초기 자본이 적었고, 여러 가지 악재를 만 난 탓에 최근 며칠 동안 잠을 못 자는 불면증을 겪어야 했다.

그는 지금 자신의 책상에 앉아 경리가 올려놓고 간 '11 월 자금 지출 계획서' 라는 서류철을 만지작거리고 있었다.

"8일에 기업 대출 이자가 돌아오고, 13일에 어디 보자? 사무실 임대료, …25일에 직원 월급인가? 젠장 여기까지 는 그렇다쳐도 다음 달 말일에 어음 만기 1억 4천이라니… 미치겠군."

앞이 막막했다. 입은 마른 사막처럼 바싹 말랐다.

돈, 돈, 돈. 말 그대로 돈에 치여서 하루하루 버티는 삶 이었다.

그는 회사의 현실을 너무나 잘 알고 있다. 지금 회사는 한쪽 레인이 고장 난 궤도를 달리고 있는 폭주 기관차와 닮아 있었다. 조금만 잘못하면 회사는 아마 부도일 것이 다.

방법을 찾아야 돼. 방법을…. 그래봤자 이 계통에서 회사를 구할 수 있는 해결책은 둘 중 하나였다.

소방차와 같이 재능이 뛰어난 그룹, 그도 아니면 빅 히트곡 한 방이다.

하지만 탑 가수를 키우기 위해서는 장기적인 프로젝트의 기반 아래에서 충분한 자금을 투여해야 가능했다. 현재 하루가 막막한 나라기획의 사정으로는 큰 의미가 없었다.

히트곡을 찾아야 했다.

하지만 어떻게? 히트 곡은 하늘에서 뚝 떨어지던가? 답답했다. 너무 막막했다.

유명 작곡가에게 곡을 의뢰한다 해도 그들이 쓰는 곡이 전부 인기를 끌 수는 없었다.

특히나 일류 작곡가의 경우는 자신들이 만든 곡 중에서 느낌이 오는 곡은 늘 우선 순위를 메이저 음반사에게 두고 있다. 그 몇 몇 상위의 회사를 지나쳐야 퀄리티가 안 좋은 곡들이 나라 기획에게 떨어진다. 그것이 이 바닥의 시스템이었다.

가슴이 답답했는지 유민수는 애꿎은 담배만 태웠다.

그러다 무심결에 책상 위에 올려 진 데모 테이프 몇 개를 본다. 이런 식으로 무명 작곡가들이 자신의 곡을 테이프로 제작해서 각 기획사에 돌리는 경우는 언제나 꾸준했다. 흡사 연예인이 보든 안 보든 팬들이 자신의 정성을 담아 팬레터로 보내는 것이다.

나라기획도 푸른하늘, 양수경 등 중간급 가수들이 속해 있는 곳이라 하루에도 여러 개씩 보내오고는 한다.

위에 있는 몇 개의 데모 테이프는 밑의 담당 직원에 의해 1차적으로 추려진 것들이리라.

경험으로 볼 때, 이런 데모 테이프는 그다지 기대하지 않았다. 간혹 가다 어떤 기획사에서는 이런 식으로 무명 작곡가를 발굴해서 협력 체제로 대박을 치는 경우도 있다고는 하지만, 아직 그에게는 현실적으로 느껴지는 일은 아니었다.

그저 내년 2월을 목표로 준비하고 있는 신인 듀오 '더블 비트 Double Beat'의 앨범 수록곡에 쓸 만한 노래라도 건지기 위한 확인 절차에 지나지 않았다.

유민수는 이미 여러 개의 데모 테이프를 듣다가 느낌이 별로라고 생각했는지 오디오 플레이어의 정지 버튼만 눌러대며 짜증냈다.

"요즘 작곡가 놈들도 글렀어. 기본적인 선율에 대한 이해조차 없이 이따위 철 지난 리듬의 곡을 가지고 뭘 어쩌겠다고…."

그 후, 다음 곡은 다른 이들과 달리 장문의 편지와 함께 저작권 어쩌고 하면서 기획사 오너의 심기를 건드린 자칭 미국 유학파라는 작곡가의 데모였다.

미국에서 모 가수 앨범에 수록곡을 실었다고?

이거 믿어야 되는 거야?

뭐, 거짓이든 진짜든 미국 물은 먹었겠지. 유민수는 고개를 갸웃거렸다. 타이틀이 잘못된 만남? 타이틀에서 풍기는 느낌은 고리타분한 가사가 뒤섞여져 있을 것이다. 그다지 기대가 안 되었다.

오디오의 스피커에서는 약간 둔탁한 보이스 Voice 가 빠른 랩과 함께 시작되었다. 이 부분은 칭찬해줄만 했다. 확실히 미국 출신답게 창의성이 돋보이는 도입부가 아니라 할 수 없다.

뭐라고 할까? 강렬하다고 해야 하나? 처음부터 거대한 날개를 펄럭거리며 저 높은 태양을 향해서 비상하는 그런 폭주하는 템포감이었다.

이 당시만 해도 랩은 아직 먼 나라 이야기였다.

최근 1-2년 사이에 이태원의 다운타운을 중심으로 조금씩 퍼졌으나, 현 시점에서 실험적인 장르임은 분명하다. 랩이 끝나자 노래로 급박하게 연결되었는데 그 리듬감 또한 예상을 깨고 엄청나게 빨랐다.

유민수는 그 순간 기이한 표정을 드러냈다.

목소리 자체는 보컬감은 절대 아니다. 보컬의 투박함 때문에 약간의 거북함도 들었다. 오히려 '라라라라'와 같이 허밍으로 불렀다면 어색한 감은 없었을지 모른다.

곡이 중반부를 지나 클라이막스에 이르면서 유민수는 자신도 모르게 입술을 강하게 깨물었다.

그것은 흥분이었다.

오랜만에 아드레날린이 온 몸의 혈관을 회전시키며 거칠게 심장의 박동소리를 만들었다.

빠르다. 쉬는 틈이 없다.

그럼에도 선율의 조합이 기가 막혔다. 마치 놀이동산에서 롤러코스트를 타고 돌고 도는 것처럼 극도의 쾌감이 뇌세포를 드럼 연주처럼 자극했다.

유민수는 몇 번을 리플레이해서 잘못된 만남을 듣더니 유선 전화기를 들고는 여직원에게 지시했다.

"잘못된 만남이라고 데모 테이프 보낸 작곡가에게 연락해서 날짜 잡아. 최대한 빨리!"

오랜만에 찾은 가게 안에는 여전히 텁텁한 담배 향기와 다리를 꼬고 만화를 넘기는 종이 소리, 빼곡하게 진열된 책장들이 보였다.

이현세, 허영만, 고행석이라는 대한민국을 빛낸 유명 작가의 이름이 기억난다. 그 시절, 현실의 벽에 부딪쳐 죽어야 하는 까치의 불행에 함께 울고, 야구 선수 이강토가 모진 고난 끝에 성공하고, 독자로서 기뻐 하던 추억들까지도.

우스꽝스러운 구영탄의 몸짓에 재밌어 하던 그 순수한

시절 속에 존재하던 어린 현수의 모습이 투영되었다.

소심하고 여리고, 투덜대기 바빴던 그 작은 아이가 보였다. 하지만 그 작은 아이는 이제 어디에도 없었다.

다시 추억의 문을 살포시 열었다. 이현세의 공포의 외인구단인가? 야구단에서 퇴물로 쫓겨난 선수들을 모 감독이 무인도로 데려가서 짐승처럼 처절하게 조련을 하고, 결국 프로 야구 역사상 최강의 신화를 쓰게 된다

까치, 마동탁, 엄지라는 이름이 떠올랐다.

고작 만화책을 읽으면서 참 많이 울었던 것 같다.

꽤 눈물 나는 사랑이리라. 불우했던 까치에게 유일하게 잘해줬던 엄지가 클로즈업 된다. 그 더벅머리 까치에게 엄지라는 여자애는 그에게는 '神'이었고, 그녀가 원하는 것이라면 무엇이든 하는 애절한 설정이다.

지금 생각하면 유치하고 아이들의 감수성을 자극하는 고리타분한 신파극에 불과했다. 허영만은 날아라 슈퍼보드와 아직 나오지 않은 비트, 식객을 썼고, 고행석은 그 유명한 불청객 시리즈로 유명했다.

바보 같은 캐릭터인 구영탄을 등장시키고, 주변에서 구박을 당하고 무시를 받지만, 후반부로 가면서 늘 보여주는 반전은 사실은 그가 재벌의 아들이었다거나, 혹은 뛰어난 스포츠 스타라는 아주 흔한 시놉시스였다.

그럼에도 각박한 세상에서 판타지를 꿈꾸는 아이들에게

는 꽤 먹히는 설정이었다.

현수는 이것저것 만화책을 살피며 신기한 듯이 보고, 또 보았다.

그러다 주위에서 책을 보는 아이들의 손에 쥔 '드래곤 볼'과 '북두신권'이 눈에 띄었다.

전체적으로 보면 여전히 80% 이상을 국산 만화로 가게의 서재를 채웠지만, 특이하게도 어린 연령대 아이들은 누구나 할 것 없이 소수의 일본 만화책에 침을 질질 흘리며 눈을 떼지 못하는 중이다.

드래곤볼은 세계 역사상 가장 많이 팔린 출판물로 기네스북에 오를 정도였으니 이 아이들이 드래곤 볼의 세계에 푹 빠지는 것은 이상할 것이 전혀 없었다.

이 만화 한 편으로 토리야마 아키라는 1조가 넘는 돈을 벌었다 하니 드래곤 볼의 대단함은 누구나 알 수 있으리라.

그는 씁쓸한 웃음을 지었다.

'옛날이나 지금이나 일본 만화책은 여전하구나.'

대충 예전 추억이나 회상하기 위해 왔을 따름이다.

현수는 가게의 문을 열고 나가려다 문득 무언가를 놓친 것 같다는 예감이 온 몸을 불시에 휘감았다.

뭐지? 이 기분은? 이대로 그냥 나가면 안 될 것 같다는 느낌이 강하게 들었다.

일본 만화? 드래곤 볼? 그냥 우리가 흔히 다 알고 있는 만화일 뿐이다. 현대의 2014년에는 아예 TV, 애니, 책방, 인터넷 등에서 이미 수많은 젊은이들에게 폐인을 양산하며 보편화된 정서였기에 큰 특이 사항이 없었다.

하지만? 지금은?

순간 섬광이 번쩍 스쳐갔다.

이제 시작이다? 해답은 만화 가게에 나와 있었다.

드래곤볼과 북두신권이 그야말로 만화의 원조였다.

지금 이 시장은 경쟁자가 별로 없는 시장이었다. 그리고 최근 1-2년을 기점으로 마켓이 열리는 블루 오션 Blue Ocean이었다.

블루 오션은 경쟁보다는 창조가 적합하다. 리스크는 크지만 먼저 선점할 경우 막대한 기회와 이익을 얻을 수 있다는 장점이 있다. 그 후에 시장이 성숙되면 후발 경쟁 주자들이 물밀 듯이 밀려들어 공급이 수요를 앞지르게 되는 레드 오션으로 바뀐다. 그러다 결국 제살 깎아 먹기로 함께 붉은 피를 흘리게 되고 서로 죽는다.

그는 잘 알고 있었다. 앞으로 일본 애니가 한국에서 어떤 반향을 일으키는 지를.

주식 시장에서 대세 상승장이라는 단어가 있다. 이 뜻은 끊임없이 주가가 상승하는 추세를 지칭한다. 어떤 경우는 어리석은 매수자가 대세 상승장에서 진입 후, 적당한 시점에서 하락을 미리 예상하여 손을 털지만, 주가는 그를 비웃으면서 오히려 더 폭등하는 차트를 의미한다. 일본 애니가 바로 그러했다.

그의 기억으로는 드래곤 볼의 수입사인 서울 문화사와 슬램덩크 수입사인 대원 씨아이가 훗날 만화 한 편을 잘 수입해서 그야말로 돈방석에 앉게 된다.

당시 9시 뉴스에 일본의 인기 애니메이션 수입을 위해 대기업 계열사까지 끼어들어 거품이 잔뜩 끼었다고 비난했지만, 결론적으로 그들이 들여온 만화는 그 이상의 거대한 수요를 창출하면서 소위 말하는 일본 만화 불패 신화를 창조했다.

일본 만화는 초기에 인기 작품만 미리 고를 수 있는 안목만 있다면 황금알을 낳는 거위와 같은 시장임은 분명했다.

정현수는 두 눈을 번득였다.

이제야 그림이 조금씩 그려지기 시작한 것이다. 슬램덩크, 유유백서, 란마 1/2 , 피구왕 통키, 달의 요정 세일러문, 포켓 몬스터, 원피스까지.

아직까지 시장에 나오지도 않았다.

미래라는 것은 '아직 오지 않은 때'를 가르치는 명사다. 그 당시 어린 마음에 동경 어린 질시로 바라보던 일본 애니 산업에 대한 불만들, 그리고 그 열등감 속에 혼재된 선 망의 시선들.

그 미래를 변화시킴으로서 이제는 작디작은 한국이라는 나라에서도 누군가로부터 그 동경을 느껴보고 싶었다.

비록 그것이 작은 치기가 섞인 애국심이라 할지라도.

그날따라 울퉁불퉁한 골목길이 왜인지 몰라도 더 앙증맞아 보일 따름이다.

100조를 향해서

NEO MODERN FANTASY & ADVENTURE

Part 2-3. 미생 未生 - 아직 살아남지 않았다

"반갑소. 송희철이라고 합니다."

"안녕하세요. 정현수라고 합니다. 제 친구와 블루툰이
라는 팀명으로 활동 예정이니 잘 부탁드립니다."

"하하, 별 말씀을…."

나라기획의 송희철 상무는 노련한 인물이었다.

그의 눈에 비친 이 젊은 친구는 나이에 맞지 않게 성숙
한 모습을 보여주고 있었다. 매끈한 양복에 정중한 매너,
시선의 마주침을 피하지 않는 동작에서 사회 경험이 생각
보다 많다고 느꼈던 것이다.

허나 그 반면 겉으로 보이는 외모는 검은 테 안경 때문
인지 아직 어려 보였다. 그는 정현수와 악수를 간단히 하

더니 상무실로 이끌었다.

"보내 주신 곡은 잘 봤습니다. 미국에서도 잠시 작곡 활동을 하셨다고요?"

"아, 뭐… 그렇죠. 미국 가수에게 노래를 팔았다는 사람은 제가 아니라 저희 팀의 일원인 다른 친구입니다."

"흠, 그렇군요."

"그보다 제가 그 쪽 여직원 분에게 전화로 듣기로는 이번 곡에 관심이 있으시다고 들었는데 어떤가요? 생각이 있으십니까?"

정현수는 내심 씁쓸함을 감출 길이 없었다.

어차피 미국 가수에게 곡을 팔았다는 진위 여부는 실체가 모호한 그의 친구가 한 일이 되어버렸으니 혹시 모를 법적인 문제는 사라졌기 때문이리라.

뭐, 이것을 기회로 꼬투리를 잡아 공격한다 해도 큰 상관없었다. 그들이 무엇을 그에게 할 수 있단 말인가?

어린 시절에는 선생님의 말씀을 듣지 않으면 세상이 뒤집어지고 큰일이라도 날 것처럼 선했던 적도 있었지만, 이제는 아니었다.

송 상무는 고개를 끄덕이며 동의했다.

"이번에 저희 기획사에서 신인 듀오를 내보낼 예정인데 거기에 잘못된 만남을 두 번째 곡으로 넣고 싶습니다."

"타이틀이 아닌가요?"

"음… 솔직히 말씀드리죠. 오래 전에 이번 프로젝트를 위해서 다른 유명 작곡가에게 타이틀곡을 받은 상황입니다. 저희도 이번에 그쪽 팀에서 만든 곡이 너무 좋아 어제 저녁에 긴급 내부 회의를 하면서까지 검토를 해봤지만, 그 작곡가에게 지불한 곡의 비용도 만만치 않은 데다 무엇보다 약속을 어기게 되는 문제가 가장 큽니다."

"신의 때문입니까?"

"그보다는 이쪽 바닥이 생각보다 좁습니다. 저희가 타이틀곡을 바꾸면 앞으로 유명 작곡가들이 저희와 거래를 써릴 공산이 크죠. 단순히 눈앞의 이익에 어두워서 약속을 저버리면, 회사의 미래를 스스로 포기하는 짓이나 마찬가지죠."

현수는 양복의 매무새를 고쳐 매면서 자세를 가다듬고 무언가를 골똘히 생각하는 모습을 보였다. 그러더니 또렷한 표정으로 반문했다.

"직설적으로 묻죠. 작곡료는 얼마로 생각하시나요?"

"…어제 검토를 한 결과 5백만 원 어떨까요? 작곡과 작사에 대한 인세는 앨범 판매 가격의 1% 드리겠습니다. 다른 곳에 접촉해 보면 알겠지만, 신인에게 인세를 주는 경우는 거의 없습니다. 이 정도면 좋은 조건이에요."

"죄송합니다. 조건이 너무 박하군요. 박수 소리도 두 손이 서로 마주쳐야 나는 법이죠. 부부 관계도 둘이 합의를 해야 가능한 것처럼… 이번 일은 없던 것으로 하겠습니다. 그럼."

송 상무는 약간 다급해졌다. 그의 경험상 보통 무명 작곡가의 경우에는 기획사에서 컨택(Contact)해 주는 조건만으로도 감지덕지해서 그가 제시한 대로 싸인을 하는 게 일반적이었다. 그런데 눈앞의 이 어린 친구는 그냥 일어섰다. 정말로 미련이 없는 눈치다.

그는 오늘 아침에 사장이 내린 지시를 명확히 기억했다. 어떤 일이 있어도 그 노래를 잡으라고.

그 정도로 노래는 느낌이 좋았다. 그는 약간 당황한 기색으로 정현수의 옷소매를 잡고 다시 앉히는 연극을 했다.

"하하, 젊은 분이 급하기는… 혹시 다른 기획사와 접촉하신 게 있으신가요?"

정현수는 재차 의자에 털썩 앉더니 대답했다.

"송파구에 SM기획이라고 들어보셨나요? 솔직히 말씀드리죠. 나라기획보다 그 쪽에서 먼저 제의가 왔습니다."

"아, 이수만씨가 작년에 만든 회사 아닌가요?"

"네, 아마 그럴 겁니다."

그의 말은 거짓이 아니었다.

실제 이틀 전에 그는 이수만씨의 사무실을 방문해서 직

접 그를 면담하고 오는 길이었다.

회귀전의 이수만이 오너로 있던 SM 엔터테인먼트는 황금으로 탑을 쌓아 올렸고, 연예계에서 막강한 파워를 자랑했었다. 세인의 평가에는 긍정적인 면과 부정적인 면이 함께 존재했으나, 지금의 한류를 이끌었던 선두주자인 것만은 분명했다.

그는 대한민국 모든 연예 기자의 취재 1순위였다. 하지만 대통령보다 접근이 어렵다는 초거물이기도 했다.

24년이라는 과거 속의 이수만은 그저 작은 신생 기획사의 사장에 지나지 않았나.

그는 작년에 회사를 설립해서 현진영과 와와를 데뷔시켰다. 1집 앨범 'New Dance'의 '야한 여자'는 노골적인 가사로 큰 반향은 불러일으키지 못하던 시기다.

정현수는 결론적으로 이수만의 제의를 거절했다. 그도 그럴 것이 그의 조건은 내년에 낼 예정인 현진영의 2번째 앨범에 그의 노래를 수록해준다는 것이었다.

앨범 인세는 없고 곡비도 2백 만원만 준다고 하니 그 순간 기가 막혀서 거기서 협상을 끝냈다.

고민을 잠시 하는 사이에 나라기획의 사장이 문을 열고 들어오더니 간단한 소개를 한 후, 더 좋은 조건을 제시했다.

"이거 미안하게 되었네. 처음부터 내가 협상을 해야 하는 데 하필이면 방송국에 잘 아는 피디가 전화가 오는 바람에 이렇게 된 것 같군. 쯧, 송 상무? 요즘 왜 이래? 어디까지 이야기했어?"

뻔한 상투적인 수법이다. 연장자라는 이유로 초면임에도 슬쩍 말을 놓더니 송 상무에게 모든 탓을 돌리면서 자신의 위치를 높이는 협상의 전술이다.

방송국 피디? 그저 웃음만 나온다.

아마 나라기획의 사장은 그가 오기 전에 송 상무에게 어느 정도 선까지 협상의 권한을 준 다음, 상대의 반응을 확인하고, 어디까지 어떻게 대응하라는 지침을 주었을 것이다.

현수는 여전히 살짝 웃으면서 부드럽게 말했다.

"초기 계약금 2천 만원에 앨범 타이틀 곡으로 선정해줄 것, 앨범 판매량의 3%… 그게 저의 조건입니다."

"너무 어려운 조건이로군. 아까 말했듯이 이미 타이틀 곡을 받아 놓은 상황이네. 그리고 앨범 전체에 곡을 쓴 것도 아니고 단지 1곡뿐인데 아무리 곡이 좋다 해도 3%라니? CD 8천원짜리 한 장을 팔면 우리가 다 가지는 게 아니라네. 일반적으로 그 만 원에는 레코드 가게 마진과 유통업자, 음반사, 기획사, 가수 실연비, 작곡과 작사비, CD 제작비와 홍보비, 세금까지 한 둘이 아니야."

"그건 그쪽 사정입니다."

"이보게!"

"어쩔 수 없겠죠. 저는 작곡가입니다. 제 영혼이 담긴 창작물을 생선가게에서 저울 달듯 가격을 매기는 것 자체가 그다지 마음에 들지 않네요."

"알겠네. 잠시 기다려 보게."

"그러죠."

유민수는 뜨거운 물에 담겨진 녹차 티백을 저으며 상념에 잠겼다.

의외로 상대는 쉽게 오케이를 하지 않았다. 역시 미국물을 먹어서 그런 것일까?

욕이 나온다. 빌어먹을 양키 놈들!

겉으로 보이는 외모는 소심하게 생겼는데 의외로 꼿꼿했던 것이다. 정말일까? 정말로 곡으로 이름을 날리고, 돈을 버는 데 관심이 없는 것일까?

한숨이 나왔다. 뭐, 어쩌겠는가. 목마른 놈이 우물을 판다고 그는 고개를 흔들더니 묘한 눈길을 던져야 했다.

"좋아. 만약 자네 팀이 우리와 5년간 작곡 전속 계약을 맺는다면 계약금 2천만원을 이 자리에서 주겠네. 그에 더해 자네 말대로 잘못된 만남을 타이틀곡으로 쓰고 인세는 2%로 해주지. 어떤가?"

"전속 계약이라? 사양하겠습니다. 그 대신 앞으로 나라기획에서 원하면 우선적으로 곡을 드린다는 구두 약속 정도는 해드리죠."

유민수는 더 이상은 양보가 어렵다는 듯 단칼에 끊었다.

"그럼 계약금 2천은 불가능하네."

"1곡이 아니라, 차라리 이번 앨범에 저희 곡 전부를 넣는 것은 어떻겠습니까?"

"그만한 곡은 있고?"

"예전에 만들어 놓은 곡이 꽤 있습니다. 모두 7곡 드리죠. 전부 좋은 것들로. 그리고 10만장까지 인세 4%, 10만에서 50만장까지 7%, 50만장 이상은 10% 어떻습니까? 가수의 앨범 판매량이 적으면 적게 가져가고, 높으면 더 많이 가져가고? 서로 좋은 것 아닐까요? 대신 계약금은 5백에 동의하겠습니다."

"음, 인센티브 방식인가? 나쁘지는 않은 것 같은데."

유민수는 정현수라는 젊은 친구의 눈을 가만히 보았다. 앨범 대부분 곡이라?

이미 다른 작곡가에게 타이틀 곡은 받아 놓은 상황이지만, 그 곡보다 이 친구가 보여준 '잘못된 만남' 이라는 곡이 그가 보기에는 훨씬 더 가치가 높아 보였다.

그 외에 다른 수록곡들은 그다지 쓸 만한 곡이 없었다. 차라리 도박을 한 번 해봐? 한 치의 흔들림이 없는 동공, 차분하지만 논리적인 어조, 부러지지 않을 것 같은 저 담담한 태도는 무엇일까.

유민수 역시 막다른 골목에 몰려 있는 상태다. 이번에

데뷔하는 신인 듀오 더블 비트 Double Beat 마저 실패하면 어쩌면 모든 것이 끝날 수도 있었다. 혼신의 힘을 기울여야 했다. 그는 이대로 동의하기엔 아까운 듯 마지막 조건을 꺼냈다.

"딱 한 곡, 한 곡만 더 보여주게. 그 곡이 괜찮다면 더블 비트의 이번 앨범에 7곡까지 자네 것으로 채워 넣겠네."

"그러죠."

네온사인 불빛으로 온 몸을 휘감은 강남역은 밤 11시에 가까워 왔지만 여전히 밝았다. 지친 육체는 그저 힘없이 발걸음만 옮길 뿐이다.

오늘로서 탑스타에서 단기 아르바이트가 끝났다. 원래는 2-3달을 예상 했으나, 운이 좋아 나라기획과 작곡료 계약이 잘 성사됨에 따라 정확히 한 달만 마치고 이제야 집으로 돌아가는 길이다. 어제는 꽤 우여곡절이 많은 하루였던 것으로 기억했다.

유민수 사장이 마지막으로 제시한 추가 곡 요청에 그는 주말 전부를 찬형과 더불어 퀴퀴 나는 작업실에서 지내야 했다. 그리고 며칠 후, 그의 손에는 예전에 터보가 불러 대히트를 쳤던 '회상'과 SG 워너비의 애절한 발라드 '내 사람'이 쥐어져 있었다.

이 두 곡은 사실 가사나 리듬이 80% 정도만 기억이 났기 때문에 그로 인해 찬형은 편곡을 하면서도 연신 투덜거려야 했고, 짜증의 연속이었다. 아무튼 그리 힘들게 뽑아낸 최종 결과물은 뭐라고 할까? 어코스틱의 애절한 선율 때문일까? 예상을 깨고 원곡보다 퀄리티가 더 훌륭하게 나왔다. 나라기획 사장의 얼굴에는 자연스럽게 기쁨의 희열이 넘쳐 흐를 수밖에 없었다.

하지만, 세상 일이 생각하는 것처럼 다 이루어진다면 어찌 어려움이라는 단어가 존재할까?

계약서란 쌍방의 합의가 필수조건이다. 또한 계약서의 효력이 법적으로 발생하기 위해서는 계약의 주체가 명확해야 했다. 나라기획과 계약을 하기 위해서는 작곡 팀 블루툰의 멤버인 정현수와 박찬형이 있어야 했다.

그런데 여기서 문제가 되는 것은 이 둘이 모두 미성년자라는 점이다. 미성년자가 어떤 계약적인 행위를 하게 되면 법적인 효력으로 인정받기 어려운 것이 판례다.

결국 친권자인 부모를 내세우는 방법밖에 없다는 이야기와 일맥상통한다.

그런 탓에 현수는 상당 기간 고민 끝에 아버지에게 앞뒤 사정을 정확히 설명해야 했다. 그 당시 아버지의 어이없어 하는 표정이 아직도 기억난다.

그 후 반응은 아버지가 늘 마시는 소주잔의 들이킴과 잠시간의 냉랭한 침묵이었다. 하지만, 얼마 못가 부쩍 산처럼 커버린 아들의 행위에 대견하다는 듯 머리카락을 쓰다듬는 것으로 끝을 맺고야 만다.

– 하하, 초등학교 때 운동장에서 다른 애들은 무리를 지어 짬뽕 공을 가지고 놀 때, 뒤에서 소심하게 쭈그려 앉아 있던 너를 보고는 얼마나 속상했는지… 이제야 하는 말이지만 우리 아들만 놀이에 끼워주지 않는 애들을 보면서 참 섭섭하기도 하고….

– 이제 다 컸구나. 다 컸어. 그래. 이 아비는 배운 게 없어서 이 모양 이 꼴인데다 자식은 셋이지. 집안 형편은 이렇지. 그래. 이제 네 갈 길은 네가 가야겠지. 아비로서 자식 앞길은 막지 못할지언정 그 정도는 해줘야지. 암, 그렇고 말고. 쿨럭!

아버지는 인테리어 일로 한창 바쁠 때임에도 아들을 위해서 주민 등록 등본과 가족 관계 증명서, 인감 증명서, 신분증 사본 각 3부와 법정 대리인 위임장에 인감과 친필로 서명까지 해주셨다.

유민수 사장은 현수가 보여준 또 다른 2개의 노래로 한껏 들떠 있었다. 허나 현수가 침착한 목소리로 지금까지의 전후 사정에 대해 설명을 끝내자, 그의 표정 역시 가관이 아니라 할 수 없었다.

하지만 어쩌겠는가? 이미 배는 떠난 법이다.

중국 모택동의 유명한 명언인 흑묘백묘론처럼 검은 고양이든, 흰 고양이든 쥐만 잘 잡으면 된다는 말과 다를 게 없었다.

유 사장이 원하는 것은 빚에 빚으로 이어지는 악순환의 테두리를 끊기를 원했고 그러기 위해서는 히트곡이 필요했다. 아니, 절실하다는 표현이 더 맞을 것이다.

정현수의 진짜 정체는 미국 유학파도 아니고, 심지어 미국 가수에게 곡을 판적도 없으며 더 기가 막힌 사실은 고등학교 2학년이라는 점에 충격을 받았다.

그럼에도 유민수는 산전수전 다 겪은 노련한 인물이었다. 이왕 같은 배를 타기로 한 이상엔 더 이상 이 부분을 가지고 물고 늘어지는 것은 무의미하다고 판단한 것이다.

마침내 그렇게 작곡 팀 블루툰과 나라기획은 계약서에 정식으로 서명하기에 이르게 된다.

날씨는 점점 더 추워지고 있었다. 이제 얼마 안 있으면 겨울이 올 것이다. 아직 성인이 되려면 2년 이상이 더 남은 상황이다.

아무리 회귀를 했다 해도, 확실히 현실 세계는 예상치 못한 난관이 많은가 보다. 아직 그 흔한 계약서에 서명조차 할 자격이 없다니? 핏기가 사라지는 그런 아찔한 기분이었다.

'아무래도 돈이 생기면 자본금 좀 넣고, 가족 명의로 주식 만들어 분산시킨 후에 법인 하나를 설립해야겠어.'

그렇게 해야 지금과 같은 번거로운 생쇼를 하지 않을 것이다. 계약금 5백만원은 이미 그의 통장으로 입금되어 있었다. 다행히 은행 계좌는 예전에 어머님이 만들어 놓아서 입출금에 큰 문세는 없었다.

빵빵!

그 때였다 누군가 고막이 찢어져라 경적을 눌러대고 있었다. 차종은 스포츠카인 미쓰비시 이클립스 1990년식이었다.

100조를 향해서

NEO MODERN FANTASY & ADVENTURE

Part 2-4. 미생 未生 - 아직 살아남지 않았다

Part 2-4. 미생 未生 - 아직 살아남지 않았다

　혹시 아는 사람인가 해서 뒤를 돌았더니 모르는 사람이다. 그들은 길을 가는 행인을 향해 무작위로 경적을 누르며 광폭하게 지나치더니 저 앞의 씨에스타라는 나이트에 차를 주차하고 있었다. 곧 술에 취한 젊은 남자와 모델 뺨치는 여자들이 서로 입맞춤을 하고 눈살 찌푸려지는 행동으로 난리도 아니다.

　씁쓸했다. 이 공허한 감정은 뭘까.

　그 때는 저들의 저런 행동에 속으로 꽤 부러워했던 것 같다. 남들은 힘들게 돈을 벌 때, 그들은 금수저를 물고 태어나 고생이란 것을 해보지 않고 편하게 인생을 즐겼다. 고등학교 졸업 후, 돈이 생길 때마다 자주 갔던 곳이다.

화려한 조명이 마치 자신의 멋진 미래라도 되는 양 부르 짖으며 현실의 각박함을 잊게 했다.

연예인 뺨치는 이쁜 여자를 사귈지도 모른다는 헛된 기 대심도 있었으리라. 맥주 기본에 4~5만원, 하지만 양주를 시키면 일 이십 만원은 그냥 깨지는 곳. 그는 곧 깨달았다. 아무리 여왕 대접을 해줘도 외모 안 되지, 학벌 안 되지, 자동차도 없는 뚜벅이 족을 상대해줄 수 있는 어리석은 여 자는 그 어디에도 없었다.

그 때는 그 자신보다 자신을 알아주지 못하는 여자들에 게 멍청한 원망도 쏟아냈다.

운이 좋아 부킹에 성공해서 새벽까지 이야기를 하다가 도 마지막에 나이트를 나설 때는 외제차를 모는 놈이 나타 나 인터셉트를 하는 경우도 비일비재했었다.

그러면 그와 찌질한 친구 놈은 온갖 입에 담지 못할 쌍 욕으로 술주정을 하며 세상을 비난하느라 바빴다.

확실히 흥미로웠다. 그 때는… 그 당시는 그게 스스로 멋있다고 생각했나 보다.

다시 하얀색 미쓰비시 이클립스를 본다. 그 때는 그렇게 쿨해 보였는데 지금은 왜 이렇게 촌스럽게 보이는 지? 추 억이 겹쳐진다. 떠오르는 아련한 그 얼굴.

아마 여기서 그녀를 만났을 것이다.

이제는 잊고 있던 기억인줄 알았는데….

그래. 아니었다.

그녀의 이름을 떠올리면 그저 남는 건 칼로 살을 에는 것 같은 시린 감정들뿐이었다. 그는 애써 기억을 지우며 집으로 향했다.

집 앞에는 차 한 대가 정차해 있었다. 대우 에스페로… 1년 밖에 안 된 신형 모델이다. 시동을 끄지 않고 안에 누군가가 기다리는 눈치다.

현수의 얼굴이 경직된 것은 그 때 즈음이다. 그의 얼굴에는 몇 번이고 애매모호한 표정이 출현하더니 그대로 에스페로 차주를 무시한 채로 집을 향해 성큼 걸어서 문을 연다.

역시나 예감대로 만취한 누나가 어머니와 한바탕 말싸움을 하고 있었다.

"그래서! 엄마가 나한테 해 준 게 뭔데? 보너스 다 합쳐도 고작 38만원 받는 월급으로 담보 대출 이자하고 매월 할아버지 병원비 때문에 23만원이라는 돈을 보지도 못하고 떼어 간다고! 그 나머지로 아끼고 아껴도 안 돼더라. 난 아직 돈 한 푼 못 모았어. 지난 3년 동안! 상사한테 욕먹고 의사한테 무시당하면서!"

"이 년아? 그 동안 네 년이 먹고 자는 건 생각 안 하니? 어찌 그리 독하니? 그게 어미한테 할 말이냐? 응? 응? 이,

이 천하에 몹쓸 년!"

"그러면 내 인생은?"

"네 인생이 뭐? 뭐가 어때서?"

"남동생들 때문에 가고 싶은 인문계도 못가고 상순이라
고 놀림 받으면서 내가 어떻게 지낸 줄 알아? 그 때 엄마
도 알거 아냐? 아버지 사업 망해서 도망치고 집에는 쌀 한
톨이 없어서 엄마가 나보러 뭐라고 했어? 고작 중학교 1
학년짜리 여자애한테 자기는 부끄러워서 외상 못하겠으
니 나보고 슈퍼 아줌마에게 가서 쌀 빌려달라고 안 그랬
어?"

"모두 지난 일이다. 이제 와서 이러면 아무 것도 되는 일
없어."

"집과 동생들 뒷바라지에 내 인생은? 결혼할 돈은커녕
제대로 된 예금 통장 하나 없다구!"

누나의 목소리는 처연했다. 마치 나 좀 봐달라면서 애절
하게 외치는 철부지 아이 같았다.

참 우스운 장면이었다.

현수는 그저 목석처럼 가만히 서 있었다. 아니, 처음부
터 없던 사람처럼 그저 그렇게 있어야 했다.

그녀가 왜 이러는 지를, 그들이 왜 이래야 하는지를 알
고 있었기 때문이다. 누구 편도 들 수 없었다. 모두에게 보
이고 싶지 않은, 그저 숨기고 싶던 과거의 치부일 것이다.

살짝 가슴을 건드리는 무언가가 존재했다. 그저 약간.

엄마는 더 이상 듣기 싫다는 듯 소리를 빽 질렀다.

"그만!"

"뭘 그만해?

"정소영? 이 기집애? 이거? 엄마한테 못 하는 말이 없구나."

"왜? 왜? 아빠는 왜 그러는데? 내가 뭘 잘못했어? 흑흑!"

"적당히 해!"

"아악! 왜? 때려? 왜?"

누나는 크게 흥분한 상태였다.

진정이 안 되는 지 이성을 억누르지 못하고 고함을 연신 쳤고, 인내심이 바닥난 아버지가 누나의 뺨을 한 대 친 것이다.

누나는 가족을 위해서 열심히 살았다. 아버지가 저 멀리 채권자를 피해서 사우디로, 지방으로 도피하는 동안 소녀 가장이 되었던 누나는 어린 두 동생과 약한 어머니의 방패막이가 되었다. 가족을 위한 대가 없는 희생일 것이다.

어머니의 반발, 아버지의 만류, 남동생의 무관심이 차곡차곡 겹쳐졌다. 흡사 재미없고 따분한 1930년대 미국의 무성 영화와 닮아 있었다.

누나는 더 이상 가족과 대화를 나누기 피곤했는 지 여행용 가방에 옷가지와 세면도구, 개인 용품을 넣기 시작한다. 그녀는 현수의 눈을 마주치더니 돌연 뺨을 쓰다듬으며 울먹였다.

"현수야. 우리 착한 현수야."

"누나? 왜 이래?"

"강해야 한다. 마음 단단히 먹어. 아빠나 엄마처럼 살면 안 돼. 세상은 네가 생각하는 것처럼 그리 만만하지 않아. 누나 이제 떠날거야. 다시는 안 올 거야. 흑흑."

"술? 적당히 마시지 그래?"

"아니, 아냐. 술 때문에 그런 것 아니야. 많이 고민했어. 나… 간다. 나오지 마."

"내 참. 미치겠네."

가족들은 이번이 처음이 아님을 알기 때문에 크게 걱정을 하지 않았다. 그 내면에는 무능력한 가장과 가족을 제대로 보살피지 못했다는 죄책감도 있을 것이다.

과거에도 그녀는 이렇게 집안을 뒤집어 놓고는 회사에 휴가를 내고, 저 양아치와 며칠 놀다가 다시 들어오고는 했다.

하지만 기분이 이상했다. 아무리 생각해도 약간씩 모든 게 뒤틀리는 느낌이었다. 훗날 그녀가 어떻게 되는 지 그 비극적인 결말도 알고 있었다.

허나, 시기적으로 너무 빨랐다. 아직 그 사건은 먼 미래의 이야기였다. 대비할 시간은 넉넉했다. 불안감이 스쳐간다. 혹시나? 그 때문에 주변의 과거가 바뀐 것은 아닐까? 생각지 못한 혼란이었다.

그의 오랜 기억에 에스페로가 등장한 것은 고등학교 졸업 이후로 생각된다. 당시 에스페로는 부모가 제법 규모 있는 사업을 하고 있었고, 돈이 제법 있다는 누나가 자랑스럽게 말하던 모습이 떠올랐다.

허나, 카페에서 그 놈과의 첫 만남은 여전히 불쾌한 추억으로 존재할 뿐이나. 그와의 만남에서 그는 그의 부유함와 자신감에 짓눌려 제대로 대꾸도 못했었다.

재빠르게 누나의 그림자를 뒤쫓아갔다. 그 누구도 누나에게 뭐라고 못했다. 그것은 현수도 그러했다.

어린 시절부터 부모를 대신해서 각종 뒷바라지를 하던 그녀다. 바깥에서 기 죽지 말라며 주던 고이 접은 5천원짜리 지폐 한 장은 지금도 따스한 추억으로 남아 있을 뿐이다. 회귀를 하면서 떠오른 기억 중 가장 가슴 아픈 기억이 누나에 대한 기억이다.

누나를 태운 에스페로가 출발하고 있었다. 헐레벌떡 뛰쳐나온 현수는 크게 핏대를 높였다.

"누나!"

"미안, 현수야."

"가지 마! 가지 마! 누나! 내가 더 잘할게!"

"······."

이것은 뭔가? 마치 정교하게 잘 짜인 각본 같았다. 머플러의 요란한 굉음 소리, 시선을 외면하고 떠나는 처연한 표정, 지긋지긋한 가난을 탈출하고 싶다는 청춘의 이기적인 욕망, 그리고 거기에 그가 있었다.

그녀는 떠났다. 그들이 있던 그 공간에서 사라졌다.

누나는 이제 회사도, 집도 그 어디에도 존재하지 않는다. 2015년의 새해가 지났다. 하지만 누나는 여전히 돌아오지 않았다. 온갖 수소문에도 행방을 알지 못해서 지친 부모님들은 아픔의 깊은 심연 속에서 헤어나지 못했다. 초췌해진 그 노안 사이로 시간은 덧정 없이 여전히 흘러갈 따름이다.

"자, ···이번 사연은 충청도 부여에서 보내 주신 사연입니다. 대학교에서 평소 친구처럼 만나던 그 남자 아이, 지난 1년 동안 참 많이 싸우고 다투었습니다. 얼마 전 그 아이가 여자 친구를 사귀었다고 웃으면서 저에게 자랑을 했습니다. 그 때 저는 겉으로는 웃었지만 너무 마음이 아프더군요. 저도 여자인데 말이죠. 별밤지기 이문세님? 저 이제 어떻게 하면 좋죠?"

늦은 밤, 이문세의 구수한 목소리가 MBC 라디오 FM

95.9 MHZ 에서 흘러나오고 있었다. 사람들은 저마다 각자의 사연을 품에 안은 채 오늘 하루의 일과를 정리하는 중이다.

다시 이문세는 나지막한 특유의 코맹맹이 소리로 말을 이었다.

"…잘 읽었습니다. 김민지씨 사연. 아마 그 남자 분도 이런 김민지씨의 마음을 아실거라고 믿습니다. 참, 벌써 시간이 이렇게 되었네요. 조금 있다가는 최근 돌풍을 일으키고 있는 무서운 신인 분들을 게스트로 모실 예정이니 기대해 주시기 바랍니다. 이 분들 나온 지는 이제 3주밖에 안 되었지만, 어제와 오늘 신청곡 엽서가 그야말로 폭주를 하는 중입니다. 별밤 공개 방송에 오신 여러분! 뜨거운 박수로 환영 부탁드립니다. 여러분! 잘못된 만남의 더블 비트입니다."

"안녕하세요. 더블 비트입니다."

이문세는 능글맞은 어조로 살짝 비행기를 태웠다가 웃으면서 대화를 이어갔다.

"아, 이 분들이었군요. 이렇게 뵈니 참 잘생긴 것 같네요. 어때요? 요즘 인기 실감하시나요? 식당에서나 길거리 가다 보면 어디서나 들을 수 있을 정도로 인기 폭발인데?"

"글쎄요. 아직까지는 잘 모르겠습니다. 사실 별밤의 공개 방송에 게스트로 초대되었다는 것만으로도 떨려서 어제 밤에 잠을 못 잤습니다. 그저 감사 드릴뿐입니다. 늘 겸손한 자세로 열심히 할 예정이니 여러분들도 많은 사랑 부탁 드립니다…."

그 순간이다. 누군가에 의해 천천히 라디오 볼륨이 줄어들기 시작했다.

유민수는 맥주 한 잔을 들이키며 충혈 된 눈으로 서재에 가더니 털썩 앉았다. 그의 성격상, 집으로까지 회사 업무를 가져오는 것 자체를 그다지 좋아하는 편이 아니었지만 오늘은 다소 특별한 날이라 어쩔 수 없었다.

이문세의 별이 빛나는 밤에는 그 정도로 이름이 높은 프로그램이다.

여고생들이 힘든 수업을 끝낸 후, 10시 10분에 맞추어 시작되는 시그널 음악을 기다리며 그 날의 피로를 잊게 해준다는, 그래서 그 파급력과 영향력이 거의 절대적이라 아니 할 수 없다. 그만큼 별밤은 소위 말하는 A급 아니면 출연 자체가 불가능한 높은 벽이었다.

"이번 주 가요 톱 텐을 보니까, 놀랍게도 발매한 지 3주 만에 6위를 차지했다고 하던데 기존의 인기 가수가 아닌, 신인 그룹이 첫 번째 앨범부터 이렇게 폭발적인 인기를 얻는 경우는 거의 처음 있는 일 아닙니까? 어떻게 생각하세요? 거기? 이경규씨?"

"에엥? 저요?"

"하하, 죄송합니다. 장난입니다. 장난!"

"거참 요즘은 말이 너무 날뛰는데 말이죠…."

작게 낮춘 볼륨에는 별밤 지기 DJ 이문세가 공개 방송의 고정 게스트 이경규에게 짓궂게 마이크를 가져다 대고 있었다. 당연히 더블 비트의 멤버인 윤석호나 최희정은 자신들에게 오는 질문으로 착각하고 기다렸다가 당황해하는 모습이 방송에 바로 잡혔다.

이문세의 짓궂은 장난에 관객들은 박수와 환호로 대답하며 부드럽게 진행이 되는 중이다.

그 외에도 곡에 대한 칭찬, 더블 비트의 가창력 등에 대해 언급했고 더블 비트는 잘못된 만남을 LIVE로 통기타에 맞추어 불렀다. 그리고, 뒤이어 반응이 뜨거운 '내 사람' 과 '회상' 에 앵콜 소리는 MBC 공개홀을 뒤흔들며 연호했다.

유민수는 라디오를 완전히 전원 오프 시킨 후에야 침실로 들어갈 수 있었다. 시간은 이제 12시가 훨씬 넘은 시각이다. 이제 초등학교와 중학교를 들어간 남매 녀석, 그리고 애 엄마가 고이 잠들어 있다.

아까 친구와 반주 삼아 소주를 마시고 집에 들어와 다시 맥주를 마시자 이미 꽤 취한 상태였다.

"아이구! 우리 꼬맹이들… 왜 이리 이쁘냐!"

"이잇 씨! 또 술 마시고 아 짜증나!"

"하하! 미안! 미안!"

아버지는 아이들이 성질을 내든 말든 웃고 또 웃을 뿐이다. 서로의 입장이 달랐으니까.

그는 정말로 모처럼만에 환한 웃음을 터트렸다.

세상이 자신의 것이라고 생각해 본 적이 있는가?

스스로 우월감에 도취되어서 타인을 비웃어 본 적 있는가? 아마 없다면 거짓말일 것이다.

자기 희생을 통해서 타인에게 도움을 주는 자원 봉사나 나눔 기부 또한 그 이면에는 스스로 자기 만족감을 얻기 위한 욕망의 발로라는 연구 결과도 있다.

현수는 명동 거리를 무작정 걷고 또 걷고 있었다.

주위에는 그가 작곡하고 찬형이 편곡했던 더블 비트의 '잘못된 만남'이 조금 과장해서 말하면 한 집 건너 한 집에서 흘러나오고 있었다. 비록 그 곡이 미래의 김건모가 내놓아서 그 해의 상이라는 상은 다 휩쓴 전설적인 노래라 할지라도 현재 이 세계에서는 정현수의 창작곡이었다.

무작위로 방문한 레코드 가게의 가장 손님에게 잘 보이는 디스플레이 공간에 변진섭의 '너에게로 또 다시', 이승철의 '마지막 콘서트' 앨범과 함께 더블 비트의 '잘못된 만남' CD가 꽂혀 있었다.

이름 모를 여고생 둘은 더블 비트의 노래를 이것저것 살 피더니 서로 재잘거리고 있었다.

"더블 비트 것 괜찮아? 하나 살까?"

"친구가 사봤는 데 잘못된 만남 말고도 회상하고 내 사 람이 예술이래."

"진짜?"

"응."

이미 더블 비트는 앨범 판매량이 28만장을 넘고 있었 다. 이 당시 음악의 인기는 음반 판매량과 라디오 신청곡 이나 엽서 투표 따위를 취합해서 정해시는 데 무엇보다 곡 의 반응이 너무 좋았다.

거의 광풍노도처럼 한번 노래를 들으면 중독성이 기가 막히다는 게 일반적인 평가였다.

어디 그 뿐인가. 더블 비트 1th 앨범인 'The Dearm Of Youth'의 수록곡인 회상과 내 사람도 더블 비트의 음반 을 산 구매자의 입소문으로 조금씩 퍼지는 상황이었다.

이대로 더블 비트가 순조롭게 흘러간다면 신인 가수가 앨범 발매와 동시에 가요 톱 텐 1위를 차지하는 영광도 결 코 불가능이 아니었다. 더블 비트의 최희정은 곱상한 외모 에 가창력이 발군이었고, 윤석호는 미국 캘리포니아 UCLA 출신으로 힙합에 능통했다.

둘 다 나라기획에서 전략적으로 뽑은 아이들이라 만화

에서 튀어나온 것처럼 비주얼이 매우 뛰어난 편이다. 노래가 대히트치고, 속칭 비주얼이 먹어주자 팬클럽의 숫자는 그야말로 기하급수적으로 늘어나기 시작했다.

찬형은 대한 극장 앞에 서 있는 현수를 보더니 껑충 뛰면서 달려와 현수의 목덜미를 팔로 강하게 감싸 안았다.

"미치겠다. 우리 대박인 거 맞지?"

"아, 아! 아퍼. 너? 힘 자랑하냐? 이 손 안 놔?"

"알았어. 자식! 많이 컸다. 정현수?"

"뭐? 이게 콱!"

"큭큭."

몇 번의 장난과 함께 정현수는 그제서야 찬형을 보았다. 하지만 찬형의 오른쪽 뺨이 심하게 부어 있는 것을 보자 그는 즉시 의아한 빛으로 질문했다.

"무슨 일이야? 누구랑 싸웠어?"

"아냐. 그냥…. 별 거 아니야."

"뭔데? 말해봐."

자꾸 현수가 재촉하자 결국 찬형은 입을 살짝 실룩거리더니 대꾸했다.

"형들한테 몇 대 맞았어. 그리고 휴우, 미안한데 앞으로 연습실 함부로 못 쓸 것 같아."

"그게 무슨 뜻이야? 정확하게 설명해 봐."

"이번에 작곡한 노래 말이야. 그거 며칠 전에 이런 사정으로 친구 작곡하는 것 도와준다고 말하니까. 왜 허락도 안 받고 기계를 무단으로 사용했냐고… 뭐 그런거지 뭐."

현수는 어이없다는 듯 시선을 다른 쪽으로 한번 돌리더니 발꿈치로 애꿎은 바닥을 차며 살짝 화를 냈다.

"그 형들이 이번에 더블 비트 앨범에 우리 곡 들어간 것도 알고 있어?"

"응. 너무 기뻐서 저번에 형들한테 떠들었지. 그 때는 잘 됐다고 축하도 해주고 밥도 얻어먹고 그랬어. 그러다 이번에 연주하다가 신디사이저 고장이 났는데 그거 수리하려면 부품이 없어서 일본에 맡겼다 오면 한 달이라고 하니 형들이 나한테 빡친 거고."

"그래서? 젠장, 너무 심한 거 아니야? 아무리 그렇다 해도 너한테 손찌검을 해?"

현수의 강한 반발에 찬형은 어두운 기색으로 투박하게 말을 끊었다.

"그만! 그 때 상황은 네가 생각하는 그런 것이 아니었어. 단지 내가 연습실 청소도 제대로 안 하고 여러 가지로 관리를 못한다고 정신 좀 차리라는 그런 훈계였을 뿐이야."

"……."

"아무리 너라도 형들한테 이러는 거 용납 못하니 그만

해라. 그 형들 나 어려울 때 도와준 것 생각하면 그깟 뺨 몇 대는 아무 것도 아니야. 그러니 이제 그만 해. 스튜디오는 다른 곳으로 알아 보면 되잖아."

화가 치밀어 오르는 것은 어쩔 수 없나 보다.

편곡을 하기 위한 스튜디오의 유무가 문제가 아니었다.

스튜디오가 필요하다면 렌탈을 하든, 그도 아니면 아예 만들면 된다. 지금까지야 자금이 없어서 타인에게 아쉬운 부탁을 했지만, 이제는 달랐다.

그가 더블 비트에게 준 7곡 중 3곡은 미래에 메가 히트를 쳤던 김건모의 잘못된 만남과 터보의 회상, S.G 워너비의 내 사람이었다. 그 곡들은 전부 에이스 오브 에이스였다.

그 외에 4곡은 예전에 찬형이 직접 만든 수 십 개의 곡 중에서 가장 좋은 곡으로 넣었다.

아직 정산은 받지 못했지만, 계약서상으로 앨범 출시 후, 3개월이 끝나는 날이 바로 첫 번째 작곡료 정산일이었다. 그 때가 되면 돈 걱정은 적어도 없었다.

100조를 향해서

NEO MODERN FANTASY & ADVENTURE

Part 2-5. 미생 未生 - 아직 살아남지 않았다

Part 2-5. 미생 未生 - 아직 살아남지 않았다

　현수는 그와 밴드 사이에서 난처한 입장에 빠진 찬형의 마음을 충분히 이해했고, 결국 그가 물러나는 수밖에 없다고 결론을 내렸다.

　"알다시피 2개월만 더 지나면 정산이다. 그 때가 되면 돈이 입금될 거야. 그러면 그 밴드… 미안한데 나와라."

　"헛소리! 네가 뭔데? 함부로 참견하지 마."

　"좋아. 그러면 생각만 해봐. 결정은 네가 하고? 어때?"

　"휴우, 젠장 알았으니 이제 그만하자."

　현수는 인상을 찡그리더니 명동을 지나가는 수많은 젊은이들의 물결을 멍하니 응시했다.

　과연 그럴까? 탁한 한숨을 토했다.

어쩌면 그는 어린 아이들에게 흔히 나타날 수 있는 의리라는 타이틀에 취해서 사물의 실체를 못 보는 듯 했다. 과연 그 형들의 훈계가 진정으로 찬형을 위해서 그러했던 것일까? 냉정한 시각으로 보면 아닐 것이다.

그저 하루하루가 불안한 무명 밴드라는 초라한 입지 속에 후배들이 연습실을 무단으로 이용하여 이득을 취하자, 이를 기회로 규율이라는 미명하에 가혹한 폭력을 행사한 것이 아닐까.

물론 겉으로야 '너를 위해서 사실 이런 거다' '알지? 형이 얼마나 너를 생각하는 지?' 따위의 포르노 같은 가식으로 뭉쳐진 허세 일 뿐.

그 이상도 그 이하도 아니다.

그럼에도 그는 찬형이 그토록 소중하게 간직하고 있는 그 유리병을 멋대로 깨트리고 싶지 않았다.

그 병은 꽤 우아하고 호화로웠지만 반대로 얇고 부실했다. 자칫 잘못하면 그 날카로운 파편 조각이 같은 편인 그를 참혹하게 벨 수도 있다.

둘은 오랜만에 떡볶이와 순대, 그리고 오징어 구이 따위를 먹고, 그렇게 떠들고, 투덜대고, 짜증내고, 화해도 하면서 저녁 내내 들개처럼 쏘다녔다.

"1월 16일에 발매된 더블 비트의 1th 'The Dream Of

Youth'는 4월 19일 현재까지 오아시스 레코드의 판매량 집계표에 따르면 모두 845,782 장이 팔렸다고 나와. …애초 계약대로 현재 8,800원을 CD 1 장 당 최종 소비자 가격으로 잡고, 10만장까지는 4 % 작곡요율로 보면 35,200,000원이야. 그리고 10만장에서 50만장까지 구간은 7 %로 잡으면… 휴우, 이거 생각보다 큰데? 얼마야 대체?"

"두 번째 구간은 246,400,000원입니다."

"으응? 그래?"

유민수 사장은 하나 하나 워드 프로세서로 정갈하게 타이핑 한 작사/작곡료 정산 서류를 읽다가 현수의 또릿한 말투에 이내 어이 없어했다. 허나 그는 별일 아니라는 듯이 녹차를 마시며 부드럽게 대꾸했다.

"그렇게 보실 필요 없어요. 어차피 집에서 다 계산해봤습니다. 그만한 돈에 관심 없는 척 가식 떠는 것도 그다지 좋아하는 스타일이 아니라서요."

"크흠, 그렇긴 그렇군. 그보다 오늘 같이 좋은 자리에 어째서 네 친구는 안 오는 거지? 부르지 그랬어?"

사장은 아무리 비즈니스 관계라 해도 차마 고등학교 2학년짜리에게까지 존댓말을 쓰고 싶지 않았는지 슬쩍 말끝을 흐렸다. 그러고는 작곡 팀 블루 툰의 또 다른 멤버인 찬형에게로 화제를 돌렸다. 하지만 현수는 무미건조한 음성으로 말했다.

"그 친구는 이런 번잡한 것을 싫어하는 편이에요. 물론 저도 혼자 움직이는 것이 더 편합니다. 괜히 한 사람이 더 끼어들면 복잡해지기만 하죠."

"젊은 친구가 나이에 어울리지 않게 빠릿빠릿하군. 하긴 동업이든 합작이든 비즈니스로 얽히다 원수가 되는 경우를 워낙 심심치 않게 봐와서. 아무튼 정산 남은 것 마저 하도록 하지. 음, 50만장까지는 그렇고… 아! 까먹은 게 있네. 미안한데 아까 말한 4월 19일까지 판매량 845, 782장은 확정이 아닌 추정 자료야. 명심해."

"에? 잠깐만요. 추정 자료가 무슨 뜻입니까?"

"아직 레코드 유통 회사에서 정식으로 집계가 끝난 것이 아니라는 뜻이지. 이건 나중에 다음 주 10일 전후로 우리 회사로 정식 자료가 넘어 오면 확정으로 바뀔 거야. 단지 블루툰과의 정산 문제 때문에 그 쪽에 일찌감치 판매량을 알려 달라고 해서 그런 거고. 그러니 모든 장부와 세금 문제 때문이라도 3월 31일자로 끊어야 돼."

정현수는 미처 몰랐다는 모습으로 반발했다.

"그건 약속과 다른 거 아닌가요?"

"다른 건 없어. 단지 방식의 차이일 뿐이네."

"어쩔 수 없죠. 뭐, 총대는 그쪽이 잡고 있으니 좋으실 대로 하세요. 저야 음반 판매량을 속이지 않고 제대로 알려주신 것만으로도 고마울 뿐이죠."

현수가 약간 언짢은 것처럼 투덜대자 유 사장은 슬쩍 비웃음을 보였다.

"누가 보면 그쪽에서 봐주는 줄 알겠어? 이봐, 너무 자신감 있는 것은 좋지만 인생이라는 것은 길게 보고 가는 거라고. 내 경험상 이 치열한 사회의 경쟁에서 마지막까지 살아남은 소수의 성공한 이들의 공통점이 뭔 줄 알아?"

"……."

"인간관계가 원만한 사람, 자기주장이 강하지 않은 사람, 그런 그냥 평범한 사람들이지. 능력이 뛰어난 이들은 자신의 재능을 주체하지 못하고 어떤 창조적인 일에 매진하지. 그래서 그게 때로는 바람에 돛을 단 것처럼 잘 될 때도 있지만, 어느 한 순간 거대한 파도에 휩쓸려 산산조각나는 경우가 대부분이야. 나 역시 이런 범주를 벗어나지 못했지만 앞으로 인생은 멀고도 길다네. 길게 보고 가게. 왜 내가 이딴 고리타분한 충고를 하냐면 혹시라도 자네의 그 뛰어난 작곡 재능만 믿고 나중에 부러질까봐 그러는 것이네."

"네, 충분히 알겠습니다."

말 그대로 흔히 볼 수 있는 따분한 이야기였다.

자기 딴에는 걱정해준다고 하는 마음에서 우러러 나온 말이니 약간 불쾌해도 그냥 듣고 흘려야 했다.

물론 그 내면에는 유 사장이 생각 외로 양심적이라는 판단도 한몫을 했다.

사실 이 시대의 음반 판매량은 주먹구구식이 많았고 가수나 작곡자에게 주는 비용을 아끼기 위해 판매량을 적당히 속이는 경우도 비일비재했다.

적지 않은 돈이 걸린 문제였다. 속된 말로 어리버리하게 넘길 생각이 그에게는 추호도 없었다.

그는 사전에 주위에 물어서 한국에 음반 협회가 있다는 것을 알았고 그곳에 가서 이번에 더블 비트의 음반 판매량을 미리 확인하고 온 후였다.

유 사장이 말한 판매량과 음반 협회에서 공시한 내용은 서로 상당부분이 일치했다. 이로 알 수 있는 점은 적어도 나라기획의 오너가 그와의 합작 파트너 쉽을 장기간을 보고 끌고 나가려는 생각임은 분명해 보인다.

"아무튼 3월 31일까지 끊으면 더블 비트의 CD 판매량은 728,314장이네. 10% 인세율에 50만장 이상의 경우에는 200,916,320원이 되지."

"그러면?"

"어디 보자. 미스 리? 이 아가씨 진짜 안 되겠네. 내가 이렇게 글씨 크기를 적게 쓰지 말라고 했는데도 진짜! 말 더럽게 안 들어 먹어!"

"……"

"아무튼 전체 정산 금액은 총 482,516,320원이네. 아참! 그 전에 계약을 할 때 프리랜서로 등록했다는 점은 기억할걸세. 그래서 여기서 사업소득세 3.3%를 국가에 떼야 하네."

"나라기획에서 대신 내준다는 뜻인가요?"

"그렇지. 이 경우 15,923,039원이네. 앞으로도 잘해보세. 신인 그룹이 첫 앨범이 백만장을 바라보는 경우는 아마 가요계 역사상 얼마 없는 걸로 아는 데 그것을 우리가 해낼지도 모르겠어."

현수는 담담한 어조로 대답했다.

"사장님도 축하드립니다."

"이 기세를 몰아서 빠른 시간 내에 5인조 댄스 그룹을 내려고 하는 데 그 때도 좋은 곡 부탁하네."

"아, 그렇군요. 그래서 회사가 어려운데도 빨리 정산을 해 준 건가요?"

"속일 생각은 없네. 잘 아는 군. 후후."

유민수는 모처럼만에 어깨를 으쓱하면서 양복 안쪽 주머니에서 무언가를 꺼내더니 호방하게 웃어댔다.

잠시 후, 현수의 손에는 466,593,281원정이라 적혀진 거액의 수표 1장이 들려 있었다.

큰 금액이다. 허나 비현실적이기도 했다.

예전에 야채 장사를 하며 목이 쉬어라 고성을 지르고,

꼬깃꼬깃 접혀 찢어진 천 원짜리 한 장의 가치가 이 눈부시게 새하얀 수표 한 장보다 더 값져 보이는 것은 왜일까?

"그리고 빨리 사업자 등록을 내도록 해. 우리 세무사쪽 이야기는 이번에 워낙 금액이 커서 내년 5월에 종합 소득세 신고 때 잘못하면 문제가 생길 여지가 있다고 하네."

사장의 우려 섞인 소리에 그저 고개만 끄덕이고 나라기획을 나가며 생각했다. 세금이라. 어찌 모르겠는가. 하지만 지금 걱정하기에는 아직 시간이 꽤 남았다.

"요즘 토초세 때문에 최근 몇 년간 신축 건물이 많이 들어섰고 강남역 일대 빌딩 공실률이 높은 건 사실이지."

나이가 너무 어려 보였기 때문일까? 공인 중개소에서 일하는 40대 중반의 남자는 불어 터진 짜장면을 먹으면서도 불쑥 사무실로 찾아와 질문하는 젊은 남자에게 자리에 앉으라는 흔한 시늉도 보이지 않았다.

정현수는 안경을 위로 살짝 올리며 궁금한 듯 물었다.

"토초세가 뭐죠?"

"노태우 정부에서 부동산 가격 급등에 대한 대안으로 지가 급등 지역에 한해서 유휴 토지의 시세가 오를 경우 거기에 대해 토지 초과 이득세로 무거운 세금을 때린다는 뜻이지."

"아, 유휴 토지라, 토지만 있는 토지주로서는 세금 때문에 어쩔 수 없이 건물을 지었다는 뜻이군요."

"그렇지. 어쨌든 자네가 원하는 그 정도 돈으로 괜찮은 사무실 얻기는 만만치 않아 보이네. 강남역 사거리와 뱅뱅 사거리쪽 대로변의 A급 건물의 경우엔 전세가 기준으로 평당 5백에서 6백 만원, B 급은 4백-5백 만원, 이면 도로쪽 C 급이 3백 5십만-4백 만원 수준이야. 거기에 자네가 원하는 평수인 2백 평을 곱하면 되지. 아무리 요즘 공실률이 안 좋다 해도 강남이야. 강남."

"임대로 환산하면 얼마죠?"

"B 급으로 가정하면 평당 임차 보증금 5십-7십 만원에 월세는 평당 3만에서 5만원 정도에 형성되어 있네."

2백 평이면 1억 2천 만원 임차 보증금에 평당 4만원에 잡아도 매달 월세가 8백 만원?

기가 막히는군.

정현수는 잠시 망설이다가 물건을 보지도 않고 그냥 공인 중개소의 문을 젖치고 나왔다.

뒤에서는 오랫동안 고객을 상대해 본 노련한 경험으로 그러면 그렇지라는 의미심장한 눈빛만 보낼 따름이다. 현재 돈이 4억이 넘게 있으니 무리를 하면 못 얻을 것은 없지만 강남역 부근은 아니라고 최종적으로 결론을 내린 것이다.

강남역은 일단 너무 복잡했고 엔터 사업을 하기 위해서는 차라리 조용한 곳이 더 나았다. 오피스 임대료의 시세를 알기 위해 이번에는 택시를 타고 압구정동으로 향했다.

벌써 3주째였다.

평일에는 도저히 짬을 낼 수 없는 관계로 토요일에 나와서 혼자 발품을 파는 중인데 양재동과 포이동, 그리고 지금은 역삼동과 논현동까지 대충 6군데 정도 건물을 둘러보았지만, 딱히 마음에 드는 물건이 없었다.

어떤 곳은 입지 조건과 임대료 시세가 괜찮으면 건물 자체가 너무 낙후되었다거나, 또 어떤 곳은 건물이나 임대료가 낮으면 위치가 안 좋다거나 하는 식이다.

생각보다 쉽지 않았다.

이미 회사명과 법인 설립 시 필요한 주주, 창업 자금은 준비 된 상황이었지만 그보다는 현역 고등학생이라는 신분 때문에 시간을 너무 잡아먹었다. 이 부분도 담임과 상의를 해서 중간에 조퇴를 하든 어떤 조치가 필요하다고 직감했다.

"실례지만 뭘 하시려는 지 물어도 되겠습니까?"

나이 30대 중반 정도의 단정한 블라우스와 약간 하이톤이 인상적인 공인 중개소 여사장은 차분한 어조로 입을 열었다. 새빨간 립스틱이 상당히 매혹적이다.

"하려는 업종은 연예 기획사이고, 추후에 출판사, 프랜차이즈, 투자 자문사 정도까지 생각하고 있습니다."

젊었을 적에 제법 미인 소리를 들었을 것 같은 여사장은 눈을 깜박거리며 이해가 안 가는 표정을 지었다. 지금 이 젊은 청년이 꺼내는 단어들이 하나같이 예사롭지가 않다고 느꼈기 때문일 것이다. 그녀는 영업용 미소와 함께 웃으며 즐겁게 맞장구를 쳤다.

"아, 그러시구나. 젊은 나이에 성공하셨네요."

"그건 아닙니다. 이제 시작하려는 섭니다. 그보다 임대 물건 괜찮은 것 있으면 소개 좀 해주세요."

현수는 침착한 어조로 손짓을 하며 말했고, 여사장은 나이가 어리다는 이유로 푸대접을 받았던 다른 중개소와 는 달리 꽤 열정적으로 응대하는 중이다.

"그러죠. 손님. 잠시만요. …어디 보자."

그는 그 중 몇 가지 물건의 장단점과 시세, 현 상황 등에 대한 브리핑을 듣다가 여러 조건을 비교하더니 관심이 가는 신축 건물 하나에 대해 몇 가지 질문을 집중적으로 던지기 시작했다. 여사장은 천천히 설명했다.

"이번에 나온 신축 건물은 전체를 다 사용하는 조건으로 4층 건물에 지하까지 포함해서 연면적 465.25평입니다."

"임대료는 얼마죠?"

"전세는 10억, 임대의 경우에는 1억 2천 임차 보증금에 매월 8백 5십만입니다."

"일단 물건을 볼 수 있습니까?"

"그럼요. 따라 오세요."

여사장과 함께 그는 가로수 길을 거리를 걷고 있었다.

임대로 환산하면 평당 1만 8천원이라는 매우 저렴한 가격이다. 2014년의 그 번화했던 신사동 가로수길을 연상하면 도저히 상상이 안 가는 임대료이기도 했다.

회귀 전의 가로수 길은 대기업들의 브랜드 전쟁터로서 자고나면 임대 가격이 올라서 임차인의 피눈물을 빨아 먹는 악명 높은 곳으로 유명했던 탓이다.

둘러본 가로수 길은 일단 한적하고 조용한 것이 우선 마음에 들었다.

"작년에 지은 신축 건물이에요. 건물주는 현재 미국에 있어서 이쪽 시세에 크게 관심이 없는 탓에 솔직히 다른 건물보다 가격을 저렴하게 내놓은 편입니다. 이만한 물건은 찾기 어려울 거예요."

"아, 네."

딱 봐도 미적인 감각이 뛰어난 인물이 건축 작업을 했는지 건물 전체의 라인이 상당히 깔끔하고 예리했다. 이 시대에는 최신식이라 할 수 있는 투명한 커튼월과 은회색의 석재 외벽이 돋보였고, 정문 아치형의 문 테두리는 고가의 솔리톤 마감이 특징적이었다.

총 4층과 지하실이 갖춰진 내부 역시 기본 인테리어가 잘 된 상황이라 몇 가지 아쉬운 부분만 손을 본다면 즉시 입주가 가능해 보인다.

현수는 곧 전기, 수도, 소방 설비와 주변 상황, 등기부등본의 설정까지 확인한 후에야 자신의 생각을 이야기했다.

"마음에 듭니다. 허나 2년은 좀 짧은 것 같으니 3년으로 하죠. 그 조건이면 바로 계약하겠습니다."

"아마 그 정도면 집주인도 동의할 겁니다."

드디어 새로운 법인이 설립되었다. 법인 발기인은 아버지 정재동, 어머니 송현주, 그리고 찬형이 내세운 친척 박수창이었다.

시간은 유수와 같다더니 세 달이라는 시간은 눈 깜짝할 사이에 흘러갔다. 그는 굉장히 바빴다. 그 내막인 즉, 회사 설립을 위해 그는 자신만의 시간이 필요했기 때문이었다. 그런 관계로 부득이하게 아버지에게 학교의 담임을 만나 그가 점심만 먹고 조퇴를 할 수 있게 부탁을 한 사건이 있었다.

하지만, 불행히도 예전이라면 몰라도 집안 형편이 좋아

진 지금의 상황에서 그는 현수가 대학에 가기를 희망했다. 이 시대 아버지들이 그러하듯이 지난 날 배우지 못한 가난 의 한을 자식이 당당하게 명문대를 입학하여 사회적으로 성공하기를 바라는 간절한 염원이다.

물론 미래를 알고 있는 정현수의 입장은 하루가 급한 상 황이라 아버지와는 입장이 확연하게 달랐다.

그렇게 몇 번의 언성이 오가고, 끈질긴 입씨름 끝에 아 버지는 현수의 뜻대로 돈 봉투 5백만 원을 들고 교감과 상 담하게 된다.

회귀 전이라면 아니었겠지만, 이 시대에 촌지는 불가능 한 것도 가능하게 만드는 일종의 특효약이었다. 아들이 몸 이 안 좋아서 병원 치료를 받아야 한다는 적절한 핑계와 연신 자세를 낮추며 부탁을 하는 태도, 마지막으로 적지 않은 돈 봉투 앞에 해결이 안 되는 일은 없었다.

그 후로 정현수는 4교시가 끝나면 조기 하교가 가능하 다는 특별 혜택을 받게 된다.

법인명은 AMC Ambitious Multinational Corporation Entertainment 였다.

이름은 일단 엔터테인먼트로 지었지만 업종에는 무역부 터 출판까지 연상 가능한 부분은 다 집어넣었다. 훗날 회 사의 규모가 커지면 그룹처럼 분리 하는 것을 고려에 둔 치밀한 행보였다.

자본금은 2억 원이었다.

주식 총수는 400,000주에 주당 가격은 500원으로서 아버지가 45%인 180,000주를, 어머니가 45%인 180,000주를 거짓으로 보유하는 것으로 했고, 찬형의 친척인 박수창씨가 명의상으로 감사 역할을 겸임하면서 나머지 10%인 4만주를 주는 것으로 했다.

이 부분은 약간 사연이 있는 게 사실 처음에 현수는 찬형에게 작곡 팀 블루튼의 수익금은 무조건 반반씩 배분하기로 약속을 했었다. 그런데 이러다 보니 실제 AMC 엔터를 야심차게 창립해 놓고 초기 자본금이 부속한 사태에 식면하게 된 것이다.

그래서 어쩔 수 없이 찬형과 만나 현재의 상황을 차분히 설명한 후에 찬형이 원래 받아야 할 몫인 대략 2억 3천 중 자신이 쓸 5천만 원을 제외하고 1억 8천만원을 AMC 엔터에 넣는 것으로 합의를 봤다.

그런데 여기서 또 살짝 골치 아픈 일이 발생하게 된다. 그것은 찬형이 AMC엔터에 자금을 넣는 방식이었다.

사실 현수에게 가장 좋은 시나리오는 자본 참여 형식인 투자가 아니라 그냥 적당한 이자만 주고 1억 8천 만원이라는 자금을 찬형으로부터 빌리는 방법이었다.

찬형은 이런 쪽에 무지했다. 더구나 이미 엄청난 작곡료 수입에 내심 현수에게 고마움을 느끼고 있었던 터라 그 부분은 일절 현수에게 일임을 한 상태였다. 그런 탓에 오직 현수만의 번거로운 고민이기도 했다.

미래를 알고 있고 어떤 아이템이 히트하는 지 아는 현수의 입장에서 AMC의 지분을 겨우 저런 가격에 넘긴다는 것은 아무리 친구지간이라 해도 너무나 아까운 일이었다.

막말로 나중에 AMC가 삼성전자나 구글처럼 될지 그 누가 알겠는가? 2014년 현재 구글의 시가총액이 얼마인지 아는 사람이 있을까? 그 구글의 1% 지분율은?

회귀 전 기준으로 구글의 주식의 가치 총액은 무려 4천억 달러가 넘었다. 여기서 1 %를 계산해도 40억 달러에 달한다. 우리 돈으로 4조원이다.

AMC 의 미래가 그렇게 될지 비록 확률적으로 극히 낮다 해도 혹시 또 누가 알겠는가?

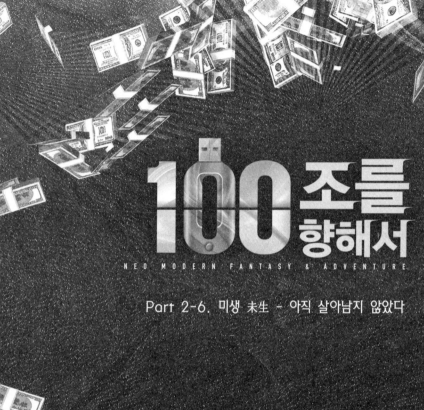

100조를 향해서

NEO MODERN FANTASY & ADVENTURE

Part 2-6. 미생 未生 - 아직 살아남지 않았다

Part 2-6. 미생 未生 - 아직 살아남지 않았다

　　그렇다고 전적으로 현수만 믿고 있는 찬형에게 자신의 이득만 챙기는 꼼수는 역시 도리가 아니었다.

　　그 때문에 이런 저런 고민 끝에 적절한 타협선인 자신의 돈 1억 8천만원과 찬형의 돈 2천만원을 합해서 초기 자본금 2억을 만드는 묘수를 생각해냈다.

　　나머지 1억 6천만원은 연리 8%의 개인 사채로 차용하는 형식을 빌려 장부에 기입했다. 그 중 1억 2천만원은 건물 임차 보증금으로 먼저 넣었고, 남은 4천만원은 예비비로 계좌에 입금했다.

　　그 외에도 주주의 인감 증명서, 주식 발행 동의서, 주주 명부에 회사 내부 정관까지 만드느라 녹초가 되었다. 생각

외로 일이 많자 현수는 가로수 길의 건물과 임대차 계약을 맺자마자 기본 업무 처리를 위해 일단 경리부터 뽑았다. AMC 엔터테인먼트의 첫 번째 신입 직원인 문하경이라는 아가씨가 그 날 이후로 자잘한 업무를 처리하기 시작했다.

"여기서 거리상 가장 가까운 주택은행 신사동 지점에서 오전에 법인명으로 계좌를 만들었습니다. 그리고 나중에 세금 문제 때문이라도 세무사 사무실과 계약해야 하는데 어디 따로 아시는 데라도 있나요?"

"그건 미스 문이 아는 곳 있으면 거기로 하시구요. 어떻게? 지하층의 인테리어 공사는 아직 안 끝났습니까?"

"내일이면 다 끝날 거라고 합니다. 본부장님 말씀대로 지하에 연습실 형태로 방음벽과 흡음재를 써서 덧대고, 바닥은 강화 마루로 깔았습니다. 그 외에 컴퓨터와 프린터, 에어콘 등은 내일 LG에서 일괄적으로 설치할 예정입니다."

현수는 4층 사장실 앞의 파티션으로 가려진 가장 뒤쪽에 앉은 채로 문하경씨가 만든 몇 가지 서류를 훑어보고 있었다. 뒤이어 결재란의 사장 다음의 맨 윗칸에 싸인을 했다.

"그래요? 그리고 아까 지시대로 우리가 면접 보고 합격시킨 사람들에게 모두 연락했나요?"

"네. 합격자분들에게 다음 주 월요일 9시까지 회사로 나

오시라고 미리 통지했습니다."

"수고하셨어요. 집이 자양동이라고 했죠? 미스 문도 이번 주까지 일단 할 일 없으면 일찍 퇴근해서 쉬세요."

"네. 그럼."

회귀 전의 정현수라면 아직 미성년자였기에 이렇게 담담하게 자기보다 나이가 6살이나 많은 여직원에게 쉽게 편하게 못했을 것이다. 대한민국의 가부장적인 문화 에 익숙해진 탓이리라. 허나 그는 마흔 두 살이라는 높은 정신연령을 가지고 있었다.

또한 하나부터 열까지 신중했고, 노련했으며 차분했다.

공식적인 직책은 '본부장'이다. 처음에는 사장이라는 직급으로 회사를 운영할까 생각도 해봤지만, 이내 그 부분은 아직까지 무리라고 판단했던 것이다.

그만큼 대한민국 사회는 아직까지 전통적인 유교 의식 때문에 나이와 항렬이 중요시 된다. 물론 오너라는 이유만으로 대놓고 철권통치를 할 수도 있으나, 그 부분은 아무래도 부작용이 많아 보인다.

그는 알고 있었다. 조직이 무엇인치를, 조직은 개인의 집합체다. 그 안에서 발생하는 치졸한 역학관계가 어떤 것인지를 누구보다 적나라하게 아는 사람이다. 사회 생활하면서 뼈저리게 느낀 점은 너그러워도 얕보이고, 강해도 부러진다는 점이었다.

그런 이유로 정현수는 명목뿐인 빈 사장실은 그의 아버지의 자리로 해놓고, 2인자로서 회사의 실무를 총괄하는 방향으로 매듭을 지었다. 그렇게 고민 끝에 '본부장'이라는 직책이 만들어진 것이다.

언젠가 밝혀지겠지만 스스로 먼저 나서서 고등학생이라고 정체를 말할 생각은 추호도 없었다. 옷은 왜 입는가? 정직한 것이 인간의 삶에 이롭다는 것은 창문 바깥을 나가보지 못한 돼지 같은 철학자의 연설에 불과하다. 그만큼 형식이라는 것도 필요한 법이다.

아무리 잘 봐줘도 20대 초중반으로 짐작되는 어린 외모를 가지고, 태연하게 전무니 상무니 하는 직책으로 뻣뻣하게 돌아다니면 그 또한 뒤에서 손가락질 할게 분명했다.

정현수는 쓸데없는 공상의 나래를 펴다가 방금 경리가 가져온 통장의 잔고를 재차 확인해봤다.

1억 8천이 약간 넘는 금액이었다.

기초 자본금 2억원에 찬형에게 빌린 개인 사채 1억 6천 중 1억 2천이 임차 보증금으로 지불되었으니 2억 4천이 남았다. 하지만 사업은 늘 예상했던 것보다 지출이 더 나가는 법이다.

AMC 엔터는 기획사였다. 첫 번째 목표는 그가 회귀 전에 알고 있는 히트곡을 바탕으로 아이돌이나 그룹을 만들어 데뷔를 시키는 것이었고, 미래에 뜰 것이 확실한 배우나 영화를 잡는 것은 현재로서는 부차적인 문제라 할 수 있다. 그러기 위해서는 돈이 제법 깨지는 녹음 스튜디오는 임대라 힘들다 하더라도 기본 연습실은 갖추어야 했다.

그 외에도 간단한 인테리어 공사와 각종 사무실 용품 및 전자 제품을 구입하자 순식간에 6천 만원이라는 적지 않은 자금이 나가고야 만 것이다.

"버는 것은 어렵지만 쓰는 것은 쉽다고 돈 나가는 것은 한 순간이네. 앞으로 자금 지출 계획을 잘 짜야겠어. 역시 사업은 만만치 않아. 쯧."

건물은 지하부터 4층까지였는데 지하는 댄스 연습실하나와 간단한 노래 연습실, 음악 장비실로 구분되어 있었고, 1층부터 4층까지는 아직 빈 공간이었다.

집안에 수납공간을 정리하면서도 느끼는 점이지만, 무엇이든 전부 꽉 채우지 말고 여유분을 남겨 놓아야 훗날 물건을 더 수납할 필요성을 느낄 때 곤란에 빠지지 않게 되는 법이다. 비록 그 때문에 더 월세를 비싸게 내고 빈 공간을 놀리고 있지만, 미래를 알고 있고 빠른 시간 안으로 충분히 돈이 나올 구석이 있기에 아직까지는 큰 걱정은 하지 않는 편이었다.

만약 가수 기획사가 잘 되면 탤런트, 배우 쪽으로 활동 반경도 넓힐 예정이었다.

그 외에도 할 일은 많았지만 가장 먼저 해야 할 일은 만화 출판사였다. 아직 출판사를 설립하기에는 시기상조였기에 AMC 엔터 내에 출판 관련 유경험자를 뽑아서 일을 진행시키는 게 가장 옳다고 믿었다.

머리가 지끈거렸다. 피로 탓인지 눈이 흐릿해졌다.

할 일은 많은 데 아직까지도 어떤 식으로 프로세스가 돌아가야 하는 지 정리가 안 된 약간은 혼란스러운 기분이다.

변창현은 두툼한 서류 가방을 옆에 놔둔 채 한창 책상 정리를 하고 있었다. 약간 통통한 살집에 째진 눈을 가진 탓에 인상이 음침해 보였고, 이 때문에 괜한 오해도 꽤 많이 받고는 했다. 오늘로서 첫 출근이다. 그는 원두 커피의 신선한 향기를 맡더니 파티션 너머 주위를 슬쩍 훑어보았다.

4층짜리 신축 건물 전체를 다 쓸 예정이라고 듣기는 들었지만, 막상 와보니 아직 4층만 제대로 된 사무실의 분위기만 날 뿐이지 세팅이 덜 된 상태다.

경리 팀 2명, 그를 포함해서 전 직장에서 데려온 직원까지 출판 팀 2명, 나머지 8명은 엔터테인먼트 쪽 사람으로 추정된다.

이제 겨우 10시가 조금 넘었다. 컴퓨터와 자신의 책상은 있지만 앞으로 무엇을 해야 하는 지, 어떤 업무를 맡을 것인지에 대한 것들조차 불분명한 상황이었다.

이거 아무래도 직장을 잘못 잡은 것 같은데?

아직 사장의 얼굴조차 보지 못했다. 그저 면접 때, 새파랗게 어린놈 혼자만 다리를 꼬고 앉아서 몇 가지 이야기만 했던 것으로 기억한다.

- 괜찮군요. 저희 회사가 원하는 커리어를 가지고 계시는군요. 급여는 기본급으로 매월 65만원, 보너스는 연 1,000% 그 외에 중식비와 아이들 학비까지 지원해드리죠.

불과 지난달까지만 해도 변창현은 메이저 출판사인 고려원에서 근무했었다. 허나 라인을 잘못 서는 탓에 파벌이 갈리면서 불이익을 받았고, 결국 스스로 사퇴를 하는 길을 선택할 수밖에 없었다.

변창현은 호탕하고 똑똑한 인물이었지만, 때로는 막무가내라는 성격을 가졌다는 비평도 듣고는 했다. 이런 변창현이 AMC 엔터테인먼트로 이직한 이유는 사실 별게 없었다. 이력서를 낸 다른 출판사 몇 곳과 비교할 때 여기가 가장 급여가 좋았기 때문이다.

이 때 그가 그와 같은 직장에 있었던 김명조 대리가 눈치를 살피며 다가와 귓속말로 속삭이는 것을 들었다.

"…알아냈습니다."

"뭔데? 말해봐."

"여기 미스 문이라는 아가씨에게 음료수를 주면서 물어보니, AMC 엔터 오너가 이번에 더블 비트 앨범 만든 작곡가라고 합니다."

"작곡가? 작곡가가 왜?"

"그거야 모르죠. 갑자기 돈이 넘쳐나서 욕심이 생겼는지…."

그는 내심 최악의 시나리오가 걸렸다고 짐작했다. 저절로 인상이 일그러졌다. 원래부터 그 아비가 돈을 주체 못하고 철부지 아들에게 사업하라고 베팅을 한 것인지 그도 아니면 정말로 작곡을 하다가 연예계에 대한 환상이 생겨서 그런지, 잘은 몰라도 가장 중요한 점은 초짜같은 냄새가 팍팍 풍겨왔다.

사실 그 부분은 면접을 보면서도 걸렸던 문제인데 4층짜리 건물 전체를 다 채우려면 기본적으로 직원이 못해도 사오십명은 있어야 했다.

허나 여기 오너는 재력이 얼마나 대단한지 몰라도 여전히 1층, 2층, 3층이 텅 빈 상태 그대로다.

이 뜻은 회사의 경영이 잘 되면 더 확장을 하겠다는 의미와 동일할 것이다. 쉽게 말해 공간 낭비였다. 자기 건물이라면 몰라도 임대 건물이라면 돈을 그냥 허공에 날리는 것이다.

사업이란 아이들 장난이 아니다. 해당 분야에서 수 십 년을 굴러먹은 베테랑도 까닥 잘못하면 넘어가는 게 사업이다. 특히나 출판업은 의류와 더불어 진입 장벽이 낮은 관계로 대표적인 사양 산업 중 하나로 분류되는 곳이다. 책에 대한 열정 하나로 박봉을 견디며 사업에 매진해도 모자라는 형국에 출판의 출자도 아무 것도 모르는 놈이 덤벼든다?

기가 막혔다. 그저 허탈한 웃음만 나올 뿐이다.

"아, 조금 늦었군요. 모두들 AMC 엔터에 입사하신 것을 환영합니다. 먼저 제 소개부터 하겠습니다. 저의 이름은 정현수, 현재 AMC 엔터테인먼트의 실질적인 오너이며, 앞으로 본부장이라는 직책으로 여러분과 함께 하겠습니다."

"아, 네."

점심을 살짝 넘긴 오후 1시가 되자 정현수는 첫 회의를 주재했다. 그는 시종일관 차분한 태도를 유지하고 있었다. 더할 나위 없이 당당했으며 거침이 없어 보였다.

4층의 오른편에 마련된 원탁형 회의실에는 AMC 엔터에 새로 입사한 직원들이 모여 있었다. 맨 윗자리인 정현수의 상석을 중심으로 좌우로 빼곡하게 둘러 앉아 있는 형태다.

일장연설이 끝나자, 미지근한 반응과 머뭇거리는 눈빛들, 서로에 대한 탐색이 오고 갔다.

본부장이라? 나이가 어려서 사장이라는 칭호가 부담스럽다는 의미일까? 모를 일이다.

AMC 엔터의 직원을 보면 맨 왼쪽에는 강대수와 최상철이 먼저 눈에 띈다. 40대 초반의 강대수는 나라기획의 유 사장이 소개시켜준 인물로서 원래 예음 레코드 출신으로 메가 엔터라는 신생 기획사에 스카웃되었다가 올해 초에 부도가 나는 바람에 이곳으로 왔다.

두 번째에 앉아 있는 40대 중반의 최상철은 이쪽 분야와는 전혀 무관한 삼익 악기에 근무했던 인물이다.

회귀 전 정현수가 누구보다 잘 알고 믿을 수 있는 인물이라 할 수 있다.

그 때 정현수는 최상철을 보다가 약간 떨떠름한 표정을 짓더니 냉랭한 어조로 지시했다.

"미안하지만 순서가 잘못 되었군요. 최상철씨는 AMC 엔터의 2인자가 될 사람입니다. 강대수씨와 자리 바꾸세요."

"……."

"이봐요? 강대수씨? 제 말이 말 같지 않습니까?"

"아, 네. 그러죠."

"안 그래도 되는데? 이런."

강대수는 미약하게 입술을 실룩였다. 이와 함께 최상철은 허둥대면서 손사래를 치다가 서로 어쩔 수 없이 분위기에 떠밀려 자리를 바꿨다.

사실 강대수는 정현수 본부장이 오기 전에 이미 직원과 인사를 나누면서 재빠르게 기세를 휘어잡은 후였다.

그의 느낌으로 최상철은 말투 때문인지 다소 어눌한데다 인상도 부드러워서 약간 깔보는 경향이 있었다.

무엇보다 몇 마디 대화를 나눠본 후, 최상철이 이 쪽 계통에 일한 사람이 아니라는 것을 알게 되었다.

그래서 속된 말로 깔고 뭉개 버린 것이다.

이른바 남자라면 누구나 겪는 조직 내의 눈에 보이지 않는 가시 같은 신경전의 일종이다. 그런 이들의 마음을 아는 지 모르는 지 정현수 본부장은 낭랑한 목소리로 다시 말했다.

"…저는 꿈이 큰 사람입니다. 지금은 작은 회사에 불과하지만 훗날 AMC 엔터가 많은 분들에게 희망을 줄 수 있는 그런 곳으로 거듭나기를 바랍니다. 회사와 직원은 가족이니 뭐니 같은 따분한 말은 생략하겠습니다. 허나 분명히 말씀드리고 싶은 부분은 여러분들이 저희 회사에 입사를 한 이상엔 삼성이나 LG 부럽지 않은 대우를 해줄 생각입니다. 그러니 여러분들도 최선을 다해 주시기 희망합니다."

"그러면 공식적으로 저희 회사에 사장이라는 직급은 없는 겁니까?"

"그렇습니다. 아직 사장이라고 불러지기에는 제 나이가 너무 어리군요."

"……"

"음, 이 부분은 명확히 하고 싶네요. 저는 생긴 것은 이래도 그다지 만만한 사람은 아닙니다. 앞으로 업무태만이나 지시에 불복종하시는 분은 회사 규정에 따라 처리할 수 있다는 점은 명심하세요."

"네, 알겠습니다."

"자, 좋습니다. 그러면 직급부터 말씀드리죠. 최상철씨는 앞으로 AMC 엔터의 전무입니다. 하시는 일은 회사 총괄 관리 및 감사입니다. 강대수씨는 상무로서 향후 가수의 앨범 제작, 유통, 홍보까지 전부 책임져 주세요."

이 때 강대수 상무는 업무가 과다하면서 끼어들었다.

"저 혼자 다하기는 업무가 너무 많은 것 같은데…."

정현수 본부장은 피식 웃더니 고개를 살짝 흔들며 노골적으로 불쾌하다는 기색을 드러냈다.

"강 상무님? 아직 제 말 안 끝났습니다. 대체 어디서 배운 매너입니까? 그리고 박현상씨?"

"네?"

"박현상씨는 앞으로 AMC 엔터에서 차장입니다. 가수

의 스케줄 관리가 기본 업무이고, 강 상무를 보좌하는 역할입니다. 이영재씨는 과장입니다. 이영재씨는 방송국 영업 담당과 신규 연습생 관리입니다. 이미나씨는 대리입니다. 이미나씨 업무는 신규 기획, 이벤트, 콘서트, 팬클럽 담당입니다."

조금 전 강대수 상무가 면박을 당하는 것을 보았기 때문일까? 거미줄처럼 팽팽하던 신경전은 어느덧 사라지고 없었다.

그 순간 그들이 느낀 점은 단 하나였다. 생각 외로 정현수 본부장이라는 인물이 깐깐하다는 점이다.

꽤 영리하다는 느낌도 강하게 받았다. 그보다 나이가 훨씬 많은 연장자와 대화를 하면서도 상대를 확실히 존중 해 주지만, 그 속에는 날카로운 비수 섞인 예기가 섞여 있었다. 여우처럼 노련하다는 게 더 정확할 것이다.

"저기 계신… 경력 직원이 아닌, 이번에 뽑은 신입 사원 3분은 강대수 상무님이 직접 회의를 주재하셔서 적당한 자리에 배치해주세요. 아무래도 저보다는 더 경험이 많으시니 잘 알 겁니다. 모두들 앞으로 강 상무님을 믿고 잘 따라와 주시기 바랍니다. 그럼, 오늘은 여기까지만 하고 나가서 일 보세요. 그리고 변창현씨와 김명조씨는 남아 주세요."

AMC 엔터 사업부에 속해 있는 엔터 관련 직원들은 일어나더니 문을 열고 나갔다.

이제 회의실에는 변창현과 김명조만 남게 되었다.

변창현은 결코 만만치 않아 보이는 강 상무를 스카이 콩콩처럼 아득한 절벽 밑으로 추락시켰다가 하늘 위로 들어 올리는 세련된 화술에 어안이 벙벙해진 상태다.

그는 자신도 모르게 옷매무새를 가다듬으며 정자세를 취했다. 정현수 본부장은 가볍게 미소를 지으며 설명했다.

"두 분은 앞으로 소속은 AMC 엔터테인먼트지만 저쪽과는 완전히 따로 움직일 겁니다. 직책은 변창현씨는 부장, 김명조씨는 과장 어떻습니까?"

"아무래도 괜찮습니다. 열심히 해보겠습니다."

전 직장에서 둘은 각각 과장과 대리였기에 이보다 급이 낮아진 회사로 이직했으니 어쩌면 보편타당한 대우라 할 수 있다. 그보다 더 궁금한 것이 있었기에 마른 침을 삼키며 입을 열었다.

"앞으로 어느 방향으로 출판사를 운영하실 계획인지 여쭤 봐도 되겠습니까?"

"솔직히 말씀드리죠. 당분간 국내 출판은 염두에 두지 않고 않습니다."

"그런가요. 그렇다면? 역시 돈이 되는 외국 출간물을 번역해서 수입하신다는 뜻입니까?"

변창현 부장은 조심스럽게 물었고, 정현수 본부장은 만년필을 이리저리 굴리며 고개를 끄덕였다.

"뭐 비슷할 겁니다."

"그 뜻은?"

"두 분? 일본 여행 다녀오는 건 어떻습니까? 일본이 온천으로 유명한데 온천도 좀 하시고."

"네? 일본이라니요?"

"거기 가서서 만화 잡지 '소년 점프'를 연재하는 출판사를 찾아가세요. 그리고 슬램덩크라는 만화책을 그린 저자와 만나서 협상 좀 할 일이 있습니다."

"슬, 슬램덩크요?"

전혀 예상하지 못한 단어가 흘러나오자 조용한 회의실에는 서늘한 정적이 스쳐갔다. 아직 이 시대에 만화라는 존재는 하얀색 와이셔츠에 정갈한 넥타이를 맨 성인들에게는 어울리지 않는 분야이기도 했다.

"허허, 이거 정말이지. 삼원 가든이라니?"

"당신도 참? 아들이 돈을 잘 벌어도 난리라니까. 그냥 사준다고 할 때 먹어요. 그동안 그 놈 먹이고 뒤치다꺼리하느라 고생한 것 생각하면 아무 것도 아니에요."

정재동은 트럭을 몰면서도 옆에서 쫑알거리는 부인의 모습에 허탈한 기색이 역력했다. 둘째 아들 현민 역시 어안이 벙벙한 듯 멍한 눈치다.

아들이 최근 사무실을 계약했다고 한다. 그리고 친구와

함께 작곡한 노래가 이번에 대히트를 쳐서 상당한 금액을 받았다고 했다. 그 때문에 강남에서 가장 크다는 고기 갈비집인 삼원 가든에서 저녁 식사 예약을 잡았다며 그 쪽으로 오라고 조금 전에 전화를 받았던 것이다.

"진짜? 형 돈 많이 벌었어? 응? 그럼 이제 우리 집 형편도 피는 거네? 그치?"

"시끄러! 이놈아! 그게 형 돈이지 네 돈이냐? 모르지 오늘 가서 현수랑 이야기 좀 하고 우리 대출 좀 상환해달라고 말 좀 꺼내야겠어."

"여보? 대체 왜 이래?"

"뭘요? 뭘? 뭐 내가 잘못 말했어요? 부모로서 그 정도 권한은 당연히 있는 거 아닌가? 다른 집 부모들은 자식 때문에 호강한다는 데 우리도 그러면 어때서? 참?"

정재동은 혀를 끌끌 찼다.

노래가 대박을 쳐서 최근 들어 놀람의 연속이긴 했다. 재동의 성격이 유순하다고 해도 현재의 이 상황을 모르는 것이 아니었다.

고등학생에 불과한 아들이 어느 날 갑자기 작곡료로 몇 억을 벌었다고 별 것 아닌 것처럼 말할 때, 어느새 부쩍 커버린 아들의 모습에 가슴이 먹먹해져 올 따름이다.

사실 그다지 알고 싶지 않았다. 아들이 무엇을 하려고 하는지 캐면 캘수록 자식에 대한 자랑이나 긍지보다 부모로서의 죄책감이 더 커졌던 탓이리라.

압구정동 갤러리아 백화점을 지나서 성수대교 남단에서 좌회전해서 꺾으면 바로 오른쪽에 거대한 규모의 숯불구이집이 나온다. 그 유명한 삼원 가든이다. 가격이 비싸지만, 그 품격과 운치, 맛, 거기다 비단 잉어 연못도 있어서 그만한 값어치를 하는 곳이다.

그런 그들을 태운 허름한 트럭이 고기 집으로 들어설 때 누군가 나와서 막았다.

"잠시만! 정지!"

"네?"

"죄송하지만 화물차는 들어갈 수 없습니다. 다른 손님들에게 방해가 되니 빼주세요. 어서요!"

100조를 향해서

NEO MODERN FANTASY & ADVENTURE.

Part 3-1. 드래곤볼과 슬램덩크의 차이

Part 3-1. 드래곤볼과 슬램덩크의 차이

이 말에 아들 현민은 모욕을 당했다고 느꼈는지 인상을 쓰면서 기가 막히다는 듯이 반발했다.

"우리도 여기 갈비 먹으러 온 손님인데 너무 하는 것 아닙니까?"

경비원은 트럭 뒤의 낡은 목수 공구들과 초라한 차림새를 슬쩍 훑더니 비웃는 어투로 고개를 저었다.

"죄송합니다. 여기 식사를 하러 온지는 모르겠지만, 어쨌든 규정에 따라 화물차 진입은 막아야 하는 게 저의 의무입니다. 뒤에 걸리적거리니 트럭은 빼 주시죠?"

주차 경비원은 또박또박 경어체를 쓰면서도 입꼬리는 잔뜩 한쪽으로 치켜진 상태였다.

"미안하네. 알겠네."

"한창 바쁠 시간입니다. 정 이곳에서 음식을 먹고 싶다면 다른 곳에 주차하시고 걸어오세요."

정재동은 그의 시선을 제대로 받지 못하고 눈을 돌리면서 나지막한 어조로 대답을 하고 있었다.

초라함이리라. 아니면 고달픈 긴 인생의 여정동안 누적된 소심함인지도 모른다.

경비원의 말대로 뒤를 슬쩍 보았다. 삼원 가든에 들어오기 위해 그의 트럭 뒤로 줄서 있는 것들은 벤츠, 아우디, 그랜저와 같은 대형 고급차종만 있었다.

그들은 예상 외로 너그러웠고 진지했다.

신경을 자극하는 경적음조차 울리지 않고 단지 이 장면을 무심히 쳐다만 볼 따름이다. 그들이 느끼기에 그것은 상위자가 위에서 내려 보는 시선이었다. 그 속에는 냉대, 멸시, 무관심 따위가 복합적으로 담겨 있었다.

정재동은 주위의 골목길의 빈 공간을 찾아 트럭을 세운 후에 천천히 걸어 들어왔다.

경비원은 그런 이들을 마치 신기한 동물인 것처럼 응시하는 눈치다. 아니 어쩌면 낮아진 자존감으로 그들만 이렇게 느꼈을 수도 있었다.

이 때 현수는 이런 내막도 모르고 부모님이 오시자마자 반갑게 외치며 달려왔다.

"오셨어요?"

"그래. 대체 뭘 먹으려고 이런 곳까지 오자고 했냐?"

"헤헤, 그냥요. 마음껏 시키세요."

"앞으로는 아무리 돈이 많아도 이런 데는 몸에 안 맞는 것처럼 불편해서 그다지 마음에 안 드는구나. 그냥 가면 안 되겠냐?"

"왜? 무슨 일 있어? 왜 그래?"

현수는 무언가 모호한 눈길로 남동생에게 고개를 돌리며 캐물었다. 현민은 잠시 주저하더니 방금 전 상황을 설명하며 거칠게 분노를 터트렸다. 그는 동생의 설명을 다듣자 순간 화가 치밀어 오르는 것을 느껴야 했다.

심장의 박동 소리가 흥분하며 고동을 쳐댔다. 그동안 지켰던 인내심이라는 단단한 이성의 끈이 흔들렸다.

짜증나는 세상이다. 숨이 탁탁 막혔다.

음식을 먹기 위해 굶었던 위장이 뒤틀리며 역한 구역질이 나올 뻔했다.

주차 경비원이라. 그는 드라마 속의 악역이 아니라고 원죄는 규정에 어긋나게 트럭을 몰고 온 아버지에게 있다고 시위라도 하는 양 오가는 손님에게 정중하게 인사 중이다. 흔히 접할 수 있는 이율배반적인 모습이다.

사회라는 거대 악의 프레스 기계에 압사되어 숨죽이듯 피동적으로 눈치만 봐야 하는 어느 가족의 여린 심성이 어쩌면 더 지탄의 대상일 수도 있다.

하지만 그는 행동해야 했다. 그는 이제 자격을 갖췄다. 과거와는 다르다.

지금은 강자로서 지녀야 할 품위는 내 던지고, 본능에 충실한 야만적인 광기를 내뿜어야 할 시점이다. 너 따위 하찮은 존재 따위에게 모욕 받기 위해 과거로 돌아온 것이 아니다.

정현수는 가족에게 화장실을 간다는 핑계를 댄 후, 가든을 나와서 바깥으로 향했다. 정문 쪽으로 돌아가자 20대 중반으로 보이는 경비원이 목격되었다. 그는 망설이지 않고 성큼 걸어갔다.

"야, 거기!"

경비원은 오만방자하게 다가와 말을 건네는 젊은 청년을 힐끗 보았다.

"네?"

"한창 추울 텐데 수고가 많군."

"하하, 별 말씀을요. 원래해야 할 일이죠."

허나 그는 예의바르게 대답했다. 상대는 나이는 어렸지만 쉽게 대하지 못하는 위엄이 있다고 직감했던 것이다. 이런 곳에 있으면 자연스럽게 알게 된다. 인간이 풍기는 기세와 행동, 말투 따위로 그 사람이 사회에서 가지고 있는 신분의 높낮이를.

그의 어조는 그다지 높지 않았으나, 그럼에도 흔히 말하는 날카로운 예기가 존재했다. 또한 무엇보다 도도했다. 그는 그의 어깨를 툭 건드리면서 주머니에서 무언가를 꺼냈다.

"자, 받아. 용돈이야. 고생 많은 데 담배라도 사서 피워."

주차 경비원의 눈이 화들짝 놀란 것은 그 순간이다.

백 만원짜리 지폐 한 다발이 그의 눈앞에 등장했기 때문이었다. 주차 경비원으로 손발을 벌벌 떨면서 한 달을 꼬박 일해야 벌 수 있는 돈이 40만원이 안 되는 시절이다. 하지만 경비원도 최소한의 자존심은 있었다.

"이, 이러시면 안 됩니다."

"왜? 부족해? 그냥 불쌍해서 도와주겠다는 것인데 왜? 존심 때문에 받지 않는거야? 우와, 대단하네."

지독한 비웃음이다. 바람에 흩날리는 머리카락을 한 손으로 정돈하면서 그는 마치 강아지에게 사료를 주듯이 돈 다발을 들고 빈정대고 있었다.

"그, 그게."

그럼에도 그는 스스로 한심하다고 느꼈다. 머리는 받지 말라고 지시를 내렸지만, 몸이 망설였던 것이다.

몇 만원, 혹은 몇 십 단위라면 누구나 그러한 것처럼 과감하게 뿌리치면서 사람 무시하지 말라며 정색을 했을 것이다. 그게 일반적으로 가진 자들에게 가진 것이 없는 이들이 보여줄 수 있는 유일한 해답이었다.

하지만 불행히도 금액이 너무 많았다.

저 돈이 내 것이 될지 모른다는 위악이라는 감정이 성기처럼 불끈 솟구쳤다. 세상에 처음 나와 스스로 육체 노동을 하면서 돈을 벌어 본 이들은 알 것이다. 황금이라는 사악한 악의 무리가 얼마나 위대한 존재인지를.

"왜? 그걸로 부족해? 하나 더 줄까?"

"이러시면 안 됩니다."

현수는 말없이 경비원의 손에 백만원짜리 지폐 다발 하나를 더 쥐어주면서 껄껄댔다.

"불쾌해? 미안, 쯧, 그럼 보너스로 하나 더 주지. 하루 종일 서 있으면 얼마나 힘들겠어? 안 그래? 그냥 눈 딱 감고 받으면 돼."

어정쩡하게 내밀어진 손 위에는 기존에 올려놓은 백만원짜리 지폐 다발이 놓여져 있었다. 그리고 다시 그 위에 또 하나의 백만원 다발이 올려졌다.

정현수는 상대의 아래 위를 냉랭한 눈빛으로 쏘아보더니 또 백만원 다발을 꺼냈다.

"하나 더 주지. 합해서 삼백이야. 받아."

"……."

삼백만원이었다. 거의 1년치 월급이다.

거절하는 것도, 그렇다고 받는 것도 아닌 묘한 상태가 2-3초간 지속되었다. 차라리 완전히 그를 모욕이라도 했으면 강하게 뿌리칠 텐데 상대는 그것도 아니었다. 조롱거리면서도 그 조롱의 마지노선을 넘지 않고 살짝 살짝 자극만 할 뿐이다.

그는 침이 꼴깍 넘어갔다. 그래, 그깟 자존심이 뭐가 중요한가. 딱 한번 고개 숙이면 되는 데. 이 미친 오렌지족은 우월감을 느끼려고 그러는 것뿐인데.

주차 경비원은 스스로 합리화를 시키면서 마치 하인이 주인에게 절을 하듯이 크게 허리를 숙이더니 감사의 인사를 올렸다.

"그럼, 잘 받겠습니다. 감사합니다."

"어, 그래. 니 주제에 이만한 돈을 어디서 봤겠니. 잘 써라."

"……."

"너? 내가 누군지 알아?"

경비원이 눈을 질끈 감고 3백 만원 현찰을 바로 제복의 속주머니에 넣자 현수는 회심의 미소를 드러내더니 완전히 병신취급을 했다.

"아까 그 트럭 기사 아들이야."

"아, 아. 네."

"자! 수고해. 삼백만원 잘 써라. 큭."

그 때서야 왜 자신에게 이런 몰상식한 행운이 왔는지 알게 되었다. 그리고 그의 머리를 애완견 쓰다듬듯이 툭 치며 등을 돌려 걸어가는 그의 뒷모습을 보며 말끝을 흐렸다.

"저, 저…."

현찰 삼백만원을 뜬금없이 경비원에게 준 정현수의 정신병자 같은 행동에 몇 몇 식사를 마친 손님들은 그저 기이한 빛으로 바라만 보고 있었다.

그는 생각했다.

과연 자신이 이렇게 행동하지 않고 원리원칙대로 가든 내의 책임자를 불러서 잘못을 시정하라고 항의를 한다고 과연 그의 행동이 고쳐 질 수 있었을까? 답은 아니었다. 대체 그게 무슨 효과가 있겠는가. 세상은 그리 단순하지 않다.

경비원의 무례에 관해서 아무리 강하게 비판을 늘어놓아도 그 순간만 지나면 변하는 것은 없을 것이다.

그들의 입장에서 그들은 그저 귀찮은 진상 손님에 불과했다. 사건의 타당성과 합리성? 전부 헛소리일 뿐. 그저 마음에도 없는 형식적인 사과 몇 마디가 그가 얻어낼 수 있는 전부일테지.

회귀 전 파스퇴르 그룹의 회장이 롯데 호텔의 사우나에서 호텔 측의 실수로 뜨거운 물세례를 받아 중화상을 입게 된 큰 사건이 있었다. 허나 그 피해자가 파스퇴르 회장이었음에도 그는 롯데로부터 그 흔한 사과 한마디 받지 못하고는 별 효과도 없는 긴 소송으로 그 사건은 종료하고 만다.

그렇다. 이 세상은 원래 그런 것이다. 겉으로는 평등을 부르짖고 평화를 외치지만, 맹수의 세계처럼 이빨로 적의 목을 물어뜯지 않을 뿐이지 그보다 더 잔인한 약육강식의 세계였다. 그는 그의 방식으로 복수를 했을 뿐이다.

그는 차분한 어조로 살짝 손을 들더니 종업원을 불러 주문을 했다.

"알았어요. 그럼 제가 알아서 시킬게요. 여기요!"

"부르셨어요? 손님?"

"양념갈비 5인분, 생갈비 5인분, 된장찌개 2개, 맥주는 아버지 운전해야 하니 음, 맥주 1 병만 시키죠."

"아니다. 오늘은 운전 안 하련다. 소주 2병 시켜라."

"아, 뭐 그러죠. 아가씨? 들었죠? 그렇게 주세요."

"네,"

고기는 자글자글 익고 있었다. 고급 음식점이라는 이름값 때문일까? 보편적으로 숯불갈비 집은 왁자지껄 시끄러운 경우가 대부분인데 삼원가든은 이상하게도 소음이 상대적으로 덜했던 것이다.

아까의 사건으로 의기소침해 보이는 아버지와 평소에

수다가 많으신 어머니조차 조곤조곤 대화를 하는 눈치다. 어느 정도 분위기가 무르익었다 판단이 된 현수는 슈트 안주머니에서 종이봉투 하나를 꺼냈다.

"그게 뭐냐?"

"받으세요. 5천만원입니다."

"오, 오천만원?"

"네. 이 돈으로 저희 집에 담보로 동화 은행에 설정된 대출 상환하시고 아버지 지금 있는 트럭 말고 좋은 차로 바꾸세요. 남는 돈은 생활비로 쓰세요. 부족하면 더 이야기하세요. 그 정도 돈은 이제 있습니다."

정재동은 아들이 따라 준 소주잔을 물마시듯이 들이키더니 갑자기 정색을 하면서 냉랭하게 대답했다.

"현수야. 아무리 그래도 그렇지 이건 아닌 것 같구나."

허나 현수는 요지부동이다. 정중하게 두 손으로 아버지의 테이블 앞에 돈 봉투를 밀어 넣으면서 손사래를 친다.

"아니요. 받으세요. 받으셔야 제 마음이 편합니다. 부모가 자식을 생각하는 것만큼 자식으로서 당연히 해야 할 도리입니다."

"이거 참!"

"여보? 받으세요. 괜히 점잖 빼지 말고요."

"그래요. 아빠. 근데 형? 나는 뭐 없어?"

가족이었지만 적당한 신경전이 오고 간 후에 재동은 아들 현수가 주는 돈 봉투를 기분 좋게 받고야만다. 그리고 이번에는 쇼핑백에 포장된 무언가를 들더니 동생에게 건넸다.

"없기는, 자! CD 플레이어!"

"이야. 소니네? 우와 대박이다."

동생은 신기한 듯 요즘 한창 유행하는 소니 최신형 CD 플레이어를 뜯더니 이리저리 뒤적거렸다.

전생에는 용돈을 주는 것은커녕 나이가 먹어서 경제적으로 쪼들릴 때 늘 찾아가서 돈 달라고 재촉하던 곳이 부모였다. 회귀 전의 부모는 늙고 병든 몸으로도 못난 자식 뒷바라지에 골병이 든 기억이 있다.

현수는 괜히 눈시울이 붉어졌다. 부모 앞에서 뜬금없이 약한 모습을 보이고 싶지 않아 콜라 잔을 벌컥 들이키며 눈을 돌렸다.

이른바 상류층만이 올 수 있는 장소이기에 고기 한 점을 뒤집을 때도 조심스러워 하는 그 모습이 딱 봐도 배여 있었다. 왜 그들에게는 저기 멀리 여유롭게 웃고 떠드는 다른 가족의 태연함이 없는 것일까.

정말이지, 지긋지긋한 생활의 굴레다.

그 날 그들은 고기를 걸신들린 것처럼 먹고 또 먹었다.

얇게 저민 도미 회 한 점을 쥔 젓가락이 미약하게 떨려 왔다. 이케부쿠로의 작은 생선회 전문점은 아직 초저녁이라 그런지 생각 외로 적막한 분위기였다. 그 때문일까? 한층 더 침울해지는 느낌이다.

아야코의 아버지 카즈오가 마침내 무거운 입을 뗐다.

"다케히코…."

"네."

그는 늘 그렇듯이 인자한 미소로 다케히코의 빈 술잔에 사케를 가득 부었다.

"이제는 자네도 더 좋은 사람을 만나야 하지 않겠나?"

"……."

"아야코가 최근 많이 힘들어하네. 부모로서 더 이상 두고 볼 수가 없었네."

"아, 그렇군요."

눈썹이 강하게 떨렸다. 결국 그런 것이었나.

에리카 이모에게로 시선을 돌리자 평소 자식처럼 그를 아낀다고 입버릇처럼 굴던 그녀도 황급히 시선을 피하고 있었다.

예상은 했지만 이런 결말일 줄이야. 세상이 끝난 것 같았다. 그에게만 시간이 허용되지 않고 영원히 멈춘 것 같은 기이한 느낌이다.

내심 영원히 듣고 싶지 않았던 말, 그 별 것 아닌 말이 공허한 가슴을 세차게 울리는 것은 왜일까?

카즈오는 적지 않은 세월을 이웃으로 함께 한 이노우에 다케히코의 축 처진 모습에 동정심을 느꼈다. 하지만 딸 아야코의 장래를 생각하자 즉시 고개를 숙이며 그에게 해서는 안 될 말을 하고야 만다.

"정말 미안하네. 아야코가 자네의 배필로 자격이 많이 부족하네. 그러니 서로를 위해서라도 더 이상은 만나지 말았으면 좋겠어."

"아, 아버님? 이제 막 슬램덩크 1권도 나왔고 제가 조금만 더 열심히 하면…."

"6년째네. 자네의 기다려 달라는 그 무책임한 말로 인해 아야코의 청춘은 다 날아갔네. 그러니 우리를 원망하지 말게. 이 정도면 의사 전달은 충분히 된 것으로 생각하고, 그럼, 먼저 갈 테니 천천히 드시고 오게."

"아버님? 제발 만화가로 성공하면…."

"미안하네. 정말로…."

그의 마지막 말은 힘이 없어 보였다. 그는 양복 단추를 추스르며 일어서더니 침울해 있는 다케히코의 굽은 어깨를 쳐다보다가 자리를 떴다.

100조를 향해서

NEO MODERN FANTASY & ADVENTURE

Part 3-2. 드래곤볼과 슬램덩크의 차이

Part 3-2. 드래곤볼과 슬램덩크의 차이

"…휴우, 정말이지. 나는 안 되는구나."

누구에게 하는 말일까?

마치 온 몸에 피가 빠져나가는 참혹한 기분이었다. 어린 시절부터 맺어 온 10년이 넘는 긴 사랑의 비극적인 종말은 이렇게 끝나고야 말았다.

다케히코는 목적지 없는 길 잃은 양처럼 그저 걷고 또 걸을 뿐이다. 만화가의 꿈, 그 꿈은 단순했지만, 언제나 잡히지 않는 신기루처럼 멀고도 험하다.

조금 더 거리를 거닐자, 금방이라도 그의 꿈을 이루게 해줄 것만 같았던 도꾜 치요다구에 위치한 집영사 소유의 건물이 눈에 띈다. 마감일에 치여 도저히 먼 곳으로 갈 시간조차 없었던 탓에 여자 친구의 부모에게 최후의 통첩을 받을 때조차도 근처에서 약속을 잡아야 하는 초라한 삶이었다.

만화가의 세계는 정말로 가혹한 전쟁터라 할 수 있다. 1%라는 좁디좁은 문을 뚫어야 되는 곳이다. 저 바늘 같은 문을 뚫고 들어가기 위해 스스로의 몸을 깎고 자르지만, 경쟁이라는 톱날은 그마저도 잔인하게 베면서 도태시키고야 만다.

생존 경쟁이다. 일본 만화 시장이 1990년대를 기점으로 전 세계를 휩쓸면서 황금기에 진입한 배경에는 다케히코와 같은 무명작가의 고된 희생이 뒷받침되지 않았다면 아마 불가능했을지도 모르리라.

집영사는 일본 넘버 원인 고단샤에 이어 그 다음을 차지하는 메이저 업체로서 만화 쪽에서는 손꼽히는 거물급회사라 할 수 있다.

매년 2회에 걸쳐 실시하는 '집영사 만화 공모 대상전'에는 평균 1만 편이 넘는 만화 원고가 들어오는 데 이 중이 중 40-50 명만이 작가 지망생이라는 타이틀로 뽑히게 된다. 그리고 그 중 10-20% 만이 실제로 집영사의 간판인 '소년 점프'에 연재할 수 있는 천금 같은 기회를 얻으니 가히 살인적인 경쟁률이 아니라 말할 수 없다.

이노우에 다케히코는 그런 가혹한 경쟁을 뚫고 정식 작가로 등단을 했다.

물론 타인에게 독설을 날리는 취미가 있는 이들은 정식 작가라는 호칭은 그저 주간 연재를 할 수 있는 동일한 스타트 라인에 설 수 있는 기회를 제공 받은 것에 불과하다며 매정하게 비웃을 뿐이다. 그러면서 그들은 그에게 앞으로도 넘어야 할 산은 여전히 높고 험하다고, 썰렁하게 잔소리만 한다.

슬램덩크 단행본 1권이 얼마 전에 드디어 출간되었다. 어린 시절의 꿈이 이제야 이루어진 것이다.

허나 독자의 반응은 기대했던 것과는 달리 꽤 간극이 존재했다.

내심 잡지 연재 당시 독자 앙케이트 순위에서도 상위권에도 오르고 초중학생으로부터 농구가 꿈이라고 응원 엽서도 꽤 많이 받았기에 초판 발행부수 5만부 이상을 기대하기도 했었다. 하지만, 매년 1만 질 이상 출판되는 거대한 일본 만화 시장에서 슬램덩크는 고단샤, 소학관의 인기 신작들에게 밀려 서점의 뒤편으로 사라지고 있었다.

그 때문에 현재 상황으로 봐선 2만 부를 넘기는 것도 만만치 않다는 게 출판사 관계자의 언질이다. 기대치에 꽤 못 미치는 수치다.

사실 농구 만화는 매우 생소한 분야라 할 수 있다.

야구 만화는 그 저변 층이 폭넓은 관계로 적어도 기본 이상의 판매량은 나왔지만, 농구 분야는 룰 자체도 모르는 일본인이 부지기수였다.

그런 위험성이 높아서 그런지 1권이 인쇄되는 바로 전날까지도 집영사의 슬램덩크 담당인 편집자는 투덜대면서 수정을 해야 한다며 늘 훈계였다.

– 남자 주인공 북산고의 주인공 말이죠. 이쁜 여학생에게 반해서 농구를 배운다는 설정은 괜찮은데, 거기다 좀 더 러브 라인을 넣는 게 낫지 않을까요?

– 복잡한 농구 규칙 지문은 최대한 적게 넣는 게 좋겠습니다. 요즘 어린 학생들은 활자 많은 것에 거부반응을 느끼는 거 모르세요? 폭주족 더 집어넣고 사춘기 소년의 방황 같은 모멘텀을 집어넣는 게 어때요?

– 이봐요. 저도 위에서 받는 압력이 장난이 아닙니다. 자꾸 협조를 안 해주시면 이번 단행본 최종 판매량이 목표량에 미달하면 데스크와 상의해서 조기 종결시키는 수가 있으니 조심하세요!

짜증나는 놈이다. 자기도 출판사의 계약직 직원에 불과

한데 지긋지긋하게 간섭만 한다.

건축한지 20년이 넘은 노후한 아파트의 초인종을 누르자 어시스턴트인 사유리가 반갑게 맞이했다.

"오셨어요. 선생님?"

"별 일 없죠? 원고 밑 배경은 어디까지 진행되었죠?"

"체크하셨던 덩크 슛을 쏠 때 좀 더 실감나게 덧칠을 했고, 움직일 때 근육의 역동적인 부분을 강조하기 위해 땀방울을 더 채워 넣었습니다."

"아, 잘하셨어요. 휴우 피곤하군."

작업실은 22평의 임대 아파트를 개조해서 사용하고 있었다. 배경 및 검수 어시스턴트와 데생 보조를 맡은 두 명의 젊은 여성이 하얀 여백의 만화 용지에 잉크를 묻혀가며 정신없이 작업 중이다.

연필, 샤프, 펜, 붓, 삼각자, 운형자, 수정액 따위가 곳곳에 지저분하게 흩어져 있었다. 각자 제멋대로 굴러다니는 모양새가 이곳이 얼마나 치열한 삶의 전투 현장임을 간접적으로 비춰줄 따름이다.

방금 먹은 술 때문인지 어지러워진 다케히코는 소파에 앉은 자세로 잠깐 눈을 감았다.

아야코… 사랑했던 여자가 떠났다. 늘 침착했고, 자신보다 그를 더 배려해주던 좋은 여자였다. 좀 더 정확히는 부모가 그와의 결혼을 원치 않았다. 서운했다. 마음이 아팠다.

반면에 이런 모진 행동도 이해가 된다.

미래가 보이지 않는 삶이다. 무의식중에 손을 올려 턱 주위의 구렛나루 촉감을 매만져 본다.

늘 바쁘게 살아야 했던 인생이다. 시간의 부족함을 증명이라도 하는 양 자르지 않은 수염은 삐죽 튀어나와 있었다.

슬램덩크의 주인공인 사쿠라기 하나미치 (강백호)를 지긋이 응시했다. 건장한 체격, 튼실한 근육, 해맑은 웃음, 당당한 자세… 그의 땀이자, 그의 전부인 슬램덩크다.

때로는 꿈을 꾸기도 한다. 그의 작품을 알아주는 진정한 독자를 만나 깊게 토론도 하고 애니메이션으로 제작되어 세계를 휩쓰는 강팍한 몽상을.

어시스턴트 사유리가 퇴근 전에 인사를 하려고 다가왔다가 그가 눈을 감고 있는 것을 보더니 잠시 주저하고 있었다.

"아? 수고 많았어요."

사유리는 약간 멈칫하더니 다가와 부탁을 했다.

"저, 선생님. 개인적인 일 때문에 그러는 데 3만 엔 정도만 가불 좀 해주시면 안 될까요?"

"아, 당연히 해드려야죠. 잠시만요."

"……"

"여기 있습니다. 무슨 일인지는 모르지만 천천히 계산 하면 됩니다."

"네, 고맙습니다."

"밤이 어두우니 조심해서 가세요."

"네, 그럼."

어시스턴트 둘이 저녁 늦게 퇴근을 하자 작업실 겸 집으로 사용하는 공간에는 고요의 적막이 파고들더니 다시 썰렁해졌다.

문득 지갑을 뒤졌다. 사유리에게 3만 엔을 주고 남은 돈은 고작 천 엔짜리 두 장뿐이다. 한심한 인생이다. 담배 한 갑조차 사지 못하는 돈이라니. 나는 무엇을 위해 이렇게 달려온 것일까?

물론 다케히코가 전혀 수입이 없는 것은 아니다.

하루에 12시간 이상씩 만화를 그려 매주 출판사로부터 받는 돈은 1페이지당 7천 엔으로 총 16페이지 연재니까 매주 112,000엔의 수입이 있다. 한 달로 계산하면 448,000엔이다. 하지만 이것은 온전히 그의 수익으로 잡을 수가 없다. 지출 비용이 존재하기 때문이다.

일반적으로 소년 점프에 연재를 하는 작가 정도면 어시스턴트 3-4명은 필수라 할 수 있다. 비록 다케히코는 2명의 어시스턴트를 쓰지만 이 둘에게 매월 18만 엔씩 총 36만 엔이 월급으로 나간다.

거기다 식비, 아파트 관리비, 만화 도구와 자신의 생활비를 합치면 남기는커녕 항상 마이너스였다. 쉽게 말해 속빈 강정이라는 뜻이다.

다케히코는 두려웠다. 마치 끝이 보이지 않는 컴컴한 터널 속에 혼자 방치된 어린 아이 같은 공포감에 휩싸이고 있었다.

출판사와 단행본에 관한 출판 대행 계약서를 작성하고 평생의 꿈을 이루었다고 환호성을 치던 것도 엊그제 같았다. 정말 하룻밤의 꿈일까?

이대로 포기할까? 서글픈 생각이다.

어린 시절 그저 농구에 미쳐서 농구 선수가 꿈이었지만 현실의 벽에 부딪쳐 좌절한 후, 다시 그의 농구에 대한 순수한 꿈은 만화 속에서 눈부시게 재현되었다.

그는 슬램덩크의 세계 속으로 들어와 있었다. 자신이 창조한 세계 속의 인물들을 조용히 관조하고 들여다 보기 시작했다.

주인공이 공을 잡았다. 그리고 움직였다. 뛰고 또 뛴다. 점프를 했다. 땀이 흐르고 열정이 솟구쳤다. 그 공은 포물선을 그리고 있었다. 아, 슛이다. 공은 네트를 갈랐다. 관중이 환호했다. 그렇다. 골이다! 그 치열한 전투 속에서 그들은 싸우고 있었다. 절정의 오르가즘이다. 주먹을 불끈 쥔다. 이것이 그의 세계, 그의 영역이다.

그는 입술을 질근 깨물었다. 고작 돈 몇 푼 때문에 포기하고 싶지 않았다.

✳

더블비트 앨범은 날이 갈수록 더 잘나가고 있었다. 원래 앨범이 발매되고 2-3달이 지나면 그래프로 보면 급격하게 하방 경직성을 나타내는 게 정상이다.

하지만, 더블 비트의 'The Dearm Of Youth'는 놀랍게도 사상 최초로 가요 탑 텐 역주행이라는 신기록을 세우더니 결국 잘못된 만남은 4주 연속 1위로 마감을 했다.

비록 아쉽게도 5주 연속 1위를 하면 주어지는 골든 컵은 받지 못했지만 팬덤이 약했던 신인 그룹 더블 비트에게는 최상의 성과가 아닐 수 없었다. 4주 연속 1위는 곡의 파워가 없었으면 절대 불가능한 일이었을 것이다.

어디 그 뿐인가.

후속곡으로 '회상'과 '내 사람' 역시 앨범을 구매한 이들로부터 곡이 좋다는 입소문이 나면서 길거리 어디를 가도 이 두 곡이 심심치 않게 흘러 나왔다.

그 시점에 등장한 게 신승훈의 미소 속에 비친 그대와 심신의 오직 하나뿐인 그대였다. 그런데 놀랍게도 이두 곡과의 방송 챠트 속의 힘겨루기에서도 서로 밀리지 않으면서 2-3위권에서 장기간 머무르는 괴력을 발휘했다.

이런 뜨거운 반응 덕분에 앨범 판매량은 이미 백만장을 돌파한 상황이었다. 그리고 7월에 작곡 팀 블루툰에게 입금된 금액은 세금을 제하고도 무려 '539,370,784원' 라는 거액이 통장에 찍혔다.

- 1991년 6월 30일까지 집계된 더블비트 1th 앨범 'The Dearm Of Youth'의 공식 판매량이 떴네. 놀라지 말게. 현재까지 백 3십만장을 넘었어. 하하, 아직 91년도가 끝나지 않았지만 모르긴 몰라도 올해 최고의 히트곡이 아닐까 생각하네.

현재까지 앨범 판매량은 1,362,152 장이다. 나온 지 6개월이 넘은 CD라서 서서히 판매량이 빠지는 시점에 접어드는 중이다. 그래도 여전히 백만장 후반대 스코어가 예상된다. 믿을 수 없는 대박이다.

허나 이미 미래를 알고 있는 현수는 그다지 크게 기뻐하지 않았다.

나라기획의 유 사장은 현수가 새로운 기획사를 차린다고 할 때 대놓고 배신이라며 신경질을 터트렸지만, 결국 AMC 엔터테인먼트와 적대적으로 지내봤자 손해 보는 것은 그쪽이라는 것을 알기에 쌍방의 동의하에 업무 제휴 협약서

(Memorandum of Understanding)를 체결하게 된다.

나라기획은 AMC 엔터의 발전을 위해 가수 양성 노하우 및 앨범 제작, 유통, 방송국과의 인맥 등에 대해 적극적으로 협조를 해주기로 했다. 물론 그 대신에 AMC의 작곡팀 블루튠은 더블 비트의 2번째, 3번째 앨범의 타이틀 곡과 신인 남자 그룹에게 곡을 제공하는 것으로 적당한 선에서 끝맺음을 했다.

5억 3천이 넘는 작사/작곡 인세 중 절반은 찬형에게 계좌 이체로 송금을 했고, 나머지 269,685,392원은 그의 개인 계좌로 직행했다.

문하경 대리는 낭랑한 목소리로 이번 달 지출 항목에 대해 보고를 하는 중이다.

"지난 달 6월 임대료로 9,350,000원이 나갔고, 6월 급여 총 지불액이 7,850,020원입니다. 그 밖에 회사 업무용 차량으로 구매한 대우 르망과 기아 봉고의 초기 계약금으로 10,350,500원이 나갔습니다…."

"잠깐! 건물 임대료는 매월 8,500,000원 아닙니까?"

"거기에 부가세 10%를 붙여야죠."

"아, 그렇군요. 계속 하세요."

"그 외에 지난 달 미지급한 인테리어와 음향 장비 잔금과 복리 후생비, 보험, 소득세 등을 합산하면 지난 달 지출

된 돈은 52,780,324원입니다."

"알겠습니다. 나가보시고 강 상무와 이 과장 좀 들어오라고 하세요."

"네, 그럼."

현수는 순간 머리가 지끈거리는 것을 느꼈다.

확실히 사업은 쉽게 생각하면 안 되는 모양이다.

5천만원이라니! 인테리어와 음향 장비 잔금과 자동차 계약금처럼 소모성 제품으로 인해 지출 계정의 금액이 큰 폭으로 증가했다고 위안을 삼을 수는 있을 것이다.

그럼에도 첫 달에 5천만원이 넘는 적지 않은 자금이 만져 보지도 못하고 빠져나갔다는 자체는 그 누구에게나 과히 유쾌한 기분은 아닐 것이다.

사실 그도 회귀 전에는 벤츠를 타고 거드름 피우는 중소기업의 사장을 보면서 한 때는 부러워한 적이 있었다.

자기가 원하면 쉬고, 직원들 위에 군림하면서 좋은 차를 타고 타인들이 볼 때 멋진 삶을 영위하는 것처럼 보였다.

허나 실제 그가 그토록 부러워하던 이 자리에 앉아 보니 겉으로 보는 것과는 확실히 달랐다. 아직까지 들어오는 수입은 하나도 없는 데 매월 수천만원이 앉은 자리에서 빠져나간다고 상상해 보자.

과연 어떤 기분이 들까?

그러다 잔고가 바닥나서 직원들 월급을 줄 자금이 없다

면? 그는 문득 자신이 너무 자신만만한 것은 아닌 지 혼란스러웠다. 불안감이라는 부정적인 감정이 뱀처럼 스물스물 기어오르는 것 같아 괜히 섬뜩한 기분이 드는 것은 왜일까?

그 때다. 누군가 본부장실을 노크하는 소리에 그는 무미건조한 음성으로 말했다.

"아, 오셨습니까? 앉으세요."

"……."

강 상무는 살며시 고개만 숙이며 들어왔으나, 이 과장은 이번에 새로 옮긴 8평 남짓한 본부장실의 인테리어에 아부 섞인 감탄사부터 내뱉었다.

"상무님이 계신 곳과는 컨셉이 다른 것 같습니다. 강 상무님 방은 다크 무늬 계열이라 좀 어두운 편인데 여기는 화사해서 산뜻한 느낌이 드는군요."

"하하, 전무실과 상무실은 연세가 있으셔서 취향에 맞게 나름 신경을 써서 해 드렸는 데 저처럼 밝은 계열을 좋아할 줄은 몰랐네요. 이럴 줄 알았으면 바꿔줄 걸 그랬나요?"

"아닙니다. 그런데 하실 말씀이라도 있으신지?"

강 상무는 손사래를 치면서 약간 투박한 음성으로 자리에 앉으라는 지시가 없었음에도 의자에 성큼 앉았다.

"알다시피 지금쯤이면 업무에 대해 어느 정도 아실 거

라고 믿습니다. AMC 엔터테인먼트는 가수를 서포트 하는 기획사로 출발할 예정입니다. 그러려면 당연히 기획사에 가수가 있어야 하지 않을까요? 두 분 생각은 어떻습니까?"

강대수 상무는 고민을 하는 것 같더니 정면으로 정현수 본부장을 응시하며 말했다.

"저희 역시 같은 생각입니다. 단지 본부장님이 원하는 바가 어떤 것인지 잘 모르기에 지금까지는 수동적이었지만 회사의 발전을 위해서라도 최대한 빠른 시간 내에 매출을 올려 줄 수 있는 가수가 필요하다 봅니다."

"알겠습니다. 그러면 어떤 가수가 좋다고 보시나요?"

"신승훈이나 심신처럼 여자보다는 남자, 그리고 재능을 가진 싱어 송 라이터가 요즘 추세에 맞고 쉽게 대중에게 어필이 가능하다고 보는 데 어떠신지요?"

"음, 싱어 송 라이터라? 좋은 의견이지만 그보다는 소방차처럼 보이 그룹이 더 성공시키기 좋지 않을까요? 알다시피 최근 음악 시장은 10대 여학생 팬덤이 주도하는 경향으로 그 추세가 변화되는 상황입니다. 소방차도 사실은 일본 아이돌 그룹을 본 따 만든 그룹인데 우리가 그들보다 더 비주얼 좋고 실력 좋은 아이돌을 모아서 데뷔시킨다면 못할 게 뭐 있겠습니까?"

김명조 과장은 테이블 위에 놓인 커피를 한 모금 마시더니 약간 부정적인 어투로 시선을 회피했다.

"…허나 그러기 위해서는 그만한 애들을 찾아야 하는데 일반적으로 춤 잘 추고 실력 좋은 어린 남자 아이들은 그만큼 통제가 어렵다는 단점이 있습니다."

"오디션은 어떨까요?"

"오디션이요?"

"네, 기획사 주최 오디션입니다. 청소년들에게 인기가 많은 유명 잡지에 광고를 내서 저희 기획사에서 내놓는 신인 보이 그룹의 정식 멤버를 뽑는 겁니다."

두 사람은 갑자기 기획사가 주최가 되어 오디션을 보자는 말에 황당한 표정을 감추지 못했다. 그도 그럴 것이 이 시대의 오디션이란 미스 코리아 선발 대회처럼 방송국이나 혹은 대기업에서 대규모 상금을 걸고 홍보를 하는 그런 전시회 개념이었다.

직원이 고작 열 명 남짓한 중소 기획사에서 오디션을 개최 한다는 자체에 잠시 할 말을 잃었던 것이다. 관념의 차이였고, 사고의 차이였다.

100조를 향해서

NEO MODERN FANTASY & ADVENTURE

Part 3-3. 드래곤볼과 슬램덩크의 차이

Part 3-3. 드래곤볼과 슬램덩크의 차이

정현수 본부장은 어깨를 으쓱하면서 웃었다.

"이왕 오디션을 하는 김에 보이 그룹뿐만 아니라 걸 그룹도 만듭시다. 보이 그룹은 4인조, 걸 그룹도 4인조. 너무 인원이 많아도 문제고 적어도 그럴테니 이 정도가 딱 좋아 보이는 데 어떻습니까?"

강대수 상무는 내심 반발을 하고 싶었지만 조직이라는 게 그리 만만한 것만은 아니었다. 그는 진득하게 인내심을 발휘하며 질문했다.

"저, 근데? 오디션 상금은 어느 정도로 하실 건지?"

"상금이 왜 필요합니까?"

"……"

"상무님? 나이가 드셔서 그런가? 왜 그리 답답하십니까? 현재 이 시간에도 대한민국에는 가수를 꿈꾸는 아이들이 수도 없이 많을 겁니다. 우리는 그들에게 그들이 꿈을 이룰 수 있는 사다리를 놓아주는 역할입니다. 아마 모르긴 몰라도 그룹의 멤버로 발탁해서 가요계에 등용시켜 준다는 조건이면 오히려 일정 부분 참가비를 내고라도 올 사람은 널렸습니다."

이 과장이 고개를 끄덕이며 동의를 표시했다.

"…하긴 그도 그렇군요. 지금까지 신인 발굴이라고 해봐야 전부 주먹구구식에 압구정동이나 명동에서 얼굴 좀 되는 애들한테 명함 주고 테스트 하는 길거리 캐스팅만 했었죠. 그에 비해 비용적으로 소모가 크다 해도 더 많은 경쟁을 뚫고 올라온 아이를 뽑는다면 여러 가지 면에서 재능은 더 뛰어날 겁니다."

"역시 이 과장이 강 상무님보다 젊어서 그런지 더 머리가 잘 돌아가시네."

"아, 아닙니다. 과분한 칭찬입니다."

"아무튼 그렇게 알고 상무님의 지시하에 AMC 엔터 주최 오디션에 관해서 보고서를 써서 저에게 먼저 결재를 받고 바로 시행할 수 있게 준비해 주세요."

"그럼."

정현수는 약간 경직된 표정을 보이는 강대수 상무를 보

236 조를 향해서 1

며 묘한 미소를 지었다.

아직까지 완전히 강 상무는 그에게 굴복한 게 아니었다. 무엇보다 나이 차이가 너무 나는데다가 전략적으로 뽑은 최 전무와 달리 강 상무는 연예계쪽의 베테랑 실권자였다.

실권자라는 의미는 말 그대로 실제 권력을 발휘하는 사람이라는 뜻과 일맥상통한다. 대기업이 아닌, 이런 중소기업의 경우 강 상무와 같은 종류의 카리스마가 있는 사람에게 오너가 끌려가는 경우는 심심치 않게 볼 수 있다.

본부장실로 상무를 불렀다는 자체는 정현수가 그보다 윗사람이라고 확실하게 경계를 긋는 무언의 압력이기도 하다. 그럼에도 강대수 상무는 지기 싫었는지 여전히 완곡하게 자기만의 방식으로 작게 반발을 하고 있었다.

현수의 부름에 대답도 하지 않고 그냥 들어 온 행위 자체가 치밀하게 계산된 자존심의 표현이었다. 아마 그의 입장에서 새파란 오너의 아들에게 완벽하게 굽히고 싶지 는 않았으리라.

이런 미묘한 분위기를 일찌 눈치 챈 현수는 이 과장을 강 상무가 있는 데서 의도적으로 추켜세우며 무언의 경고를 날린 것이다.

사회는 확실히 인간이 자율적으로 만드는 유기체적인 공간이다. 허점을 보이는 그 순간 손쉽게 잡아먹히는 세상이었으니까.

＊

주름이 잡힌 손가락은 그녀의 목덜미를 지나 브래지어를 벗기고 있었다. 그 섬뜩한 손이 하얀 피부에 닿자 미정은 전기가 전달되는 것처럼 온 몸을 부르르 떨어야 했다. 머리가 벗겨지고 역겨운 숨소리가 그녀의 얼굴 앞에서 뿜어져 나온다.

"아, 아! 좋아. 더! 더!"

"아아아아…."

거짓된 신음이다. 여자가 부르짖는 애절한 노래는 스포츠 머리의 근육질 거한을 흥분시켰다.

그는 도저히 참을 수 없다는 듯이 앳된 여체의 입술을 탐했다. 그 동작은 마치 하이에나의 그것처럼 더럽고 비위가 틀렸으며 추했다.

단단한 근육 위에 새겨진 용 문신이 꿈틀거렸다. 어깨 위의 용은 하늘로 비상이라도 하는 양 자기 혼자서 리듬을 타더니 서서히 오르가즘에 도달한다. 그는 신음을 토했다.

"으윽!"

여체의 풍만한 가슴을 쥔 손은 전기보다 강한 자극으로 인해 저절로 떨어댄다. 난폭한 파도의 습격이다.

그 파도는 섬광처럼 모든 것을 파괴하고 휩쓸더니 이제 사라지고 있다. 그렇게 침묵이 찾아온다.

그 싸한 침묵은 미친 파도의 물결과 닮아 있었다. 매콤한 말보로의 향기가 방안을 끈적끈적하게 적셔온다. 사장 배명수는 미정의 코끝을 움켜쥐더니 가학적으로 흔들어댔다.

"어때? 흥분했어?"

미정은 오욕 속에서도 어쩔 수 없이 대답해야 했다.

"네, …네."

"부끄러워 하기는, 큭. 아무튼 명기야. 명기!"

"저 좀 씻고 올게요."

미정은 샤워실로 들어갔다. 뜨거운 샤워기는 정갈하지 못한 여체를 깨끗하게 씻고 또 씻어냈다.

그 사이로 눈물 몇 방울이 물과 함께 타고 흘러갔다.

용기를 가지고 싶었다. 희망이라는 따스한 단어를 떠올린다. 과연 어울릴까? 이런 나에게도 미래가 있을까?

절망이다. 적지 않은 남자들이 거쳐 간 저주 받은 육체다.

이제 20세…. 한창 대학교에서 꿈 많은 학창 시절을 즐겨야 하는 나이에 신미정은 집안 사정 때문에 중학교를 중퇴하고 가수가 되겠다고 백댄서를 하면서 밤거리를 떠돌며 방황했다.

하지만 어린 10대 소녀에게 세상은 결코 만만하지 않았다. 어린 여자 아이는 생계를 위해서 룸싸롱에서 일을 했다. 그러다 지금 있는 엔젤 하트라는 기획사에 들어가게 된다. 하지만 엔젤 하트의 사장은 전국구는 아니었지만 과거 조폭 출신이었다.

미정은 그녀에게 강제로 당한 후로 지속적으로 관계를 가지게 되었다. 연예계 데뷔라는 달콤한 미끼와 폭력이 수반된 협박은 덫에 걸려 옴짝 달싹 하지 못할 뿐이다.

절대 악이다. 그 악은 거칠었고 무서웠다.

어느새 사장은 옷을 추스르더니 자기 볼일을 다 끝낸 후에 나가고 있었다.

"어디 딴 데로 새지 말고 오늘 저녁에 늦지 마."

"……."

"방송국에 접대할 사람 있으니까. 왜 대답이 없어? 콱! 그냥?"

"네, 알았어요."

인간은 나약하다. 그녀는 억지로 미소를 보이며 대답했다. 한번 적응이 되면 놀랄 만큼 그 환경에 순응하는 경향이 있다. 지금의 그녀가 그러했다.

비도덕적인 행위임을 뻔히 알면서도 아직 부화가 덜 된 간난 새끼처럼 두껍게 알을 둘러싸고 있는 껍질을 도저히 깨 부수고 나올 용기가 없었던 것이다.

거울 속에 비친 자신의 모습을 보았다. 가수가 되기 위한 꿈을 품고 땀 흘리던 순수하던 그 때 그녀는 이제 그 어디에도 존재하지 않는다.

매니큐어를 칠했다. 요염한 눈매와 풍만한 가슴, 잘록한 허리, 거기에 다리를 꼬고 초췌 하게 앉아 있는 한 여자가 있었다.

탐스러운 갈색 머리카락이 흩날렸다. 그녀는 아름다웠고 청순했다. 이 세상 그 누구보다 더….

✻

집영사의 주간 소년 점프 잡지 사업부에는 총 38명의 편집자가 근무한다. 여기서 편집자라는 직책은 우리가 흔히 말하는 뉴스의 데스크 편집을 담당하는, 그래서 비교적 높은 권한과 직급을 가진 소유자를 의미하는 것은 아니었다.

사실 만화 출판쪽의 편집자는 어시스턴트의 일종이라 보면 된다.

그들은 철저하게 출판사의 입장에 서서 해당 연재 만화가에게 시놉시스의 전개와 진행상의 허점, 그림체의 연구, 만화 작법의 수정을 통하여 만화가의 마감을 도와주는 존재들이다.

그들은 늘 박봉에 허덕였고, 정규직이 아닌 계약직이 대다수였다. 수행하는 업무는 크게 두 가지로 나눌 수 있는데, 하나는 신인 작가를 찾아내어 육성하는 것이고, 다른하나는 길러낸 작가가 안정적으로 만화를 만들도록 보조하고 도와주는 콘텐츠 제작 업무다.

그들은 이전의 만화잡지 선배들로부터 만화 만들기에 대해서 많은 노하우를 전승받은 사람들이다.

계약직 편집자들은 언제 목이 날아갈지 모르는 자리인데 이 때문에 출판사 쪽에서 성적이 좋지 않으면 바로 퇴출이거나 서류처리 등의 잡무를 담당하는 한직으로 밀리게 되는 경우는 비일비재했다.

그 집영사의 수많은 편집자들 중 하나인 스즈키 타쿠미는 방금 전 걸려온 전화 한 통화에 벌겋게 상기된 얼굴로 적지 않은 시간동안 고민에 빠져 있어야 했다.

허나 그도 잠시. 이게 사실이든, 진짜든 그는 자신의 직속상관에게 보고를 하는 것이 옳다고 결론을 내리게 된다. 추후의 책임 소재 문제 때문이다.

책임 편집장인 상사는 이야기를 듣자마자 자신의 선에서 결정할 상황이 아님을 알고 그보다 더 윗선인 테츠로우 부장을 찾아갔다.

그는 쭉 이야기를 듣더니 말도 안 된다면서 혀를 찼다.

"그거? 장난 전화 아니야? 당신 같으면 믿겠어?"

"그, 그게… 설령 거짓이라 해도 보고는 드려야할 것 같아서…"

"내 참, 인기작도 아니고 이제 겨우 1권 나온 슬램덩크의 라이센스 계약에 관심이 있다? 그것도 해외에서? 희한한 일이야."

졸지에 함께 부장실로 끌려 온 타쿠미는 약간 상기된 얼굴로 또릿하게 대꾸했다.

"그 쪽의 통역하는 사람이 확실히 그렇게 말했습니다. 제가 혹시나 해서 두 번이나 물어봤습니다."

"흠, 그래? 그래서? 언제 방문하겠데?"

"오늘 오후 2시에 온다고 했습니다."

"아, 진짜 오후에 무라야마 인쇄소 사장하고 점심 약속 잡았는데? 이거 어쩐다?"

"한국에서 오신 분들인데 그래도 책임자이신 부장님이 계셔야 하지 않을까요?"

"뭐 하긴, 그것도 그렇군."

"작가에게는 연락했어? 작가가 누구지?"

"이노우에 다케히코입니다."

"아? 그 재수 없는 놈?"

이노우에 다케히코의 슬램덩크는 첫회 연재를 시작할 때만 해도 주간지의 총 22개 연재 만화 중에 랭킹 3위에 들었기 때문에 내심 기대치가 높았던 작품이었다.

하지만 생소한 농구 규칙에 러브 라인이 없어서 독자층의 반응이 점점 안 좋아지면서 그저 그런 연재물로 전락한 상태였다. 거기다 편집부에서 지루한 농구 이야기보다는 청춘물쪽으로 이야기를 비틀어 보라고 몇 번을 권유했음에도 끝까지 자기 고집만 주장해서 테츠로우 부장에게 단단히 찍힌 인물이었다.

담당자인 타쿠미는 고심 어린 표정으로 말했다.

"다케히코씨를 불러야 하지 않을까요? 저작권자인
데?"

"됐어. 어차피 출판 대행 계약서를 보면 출판사의 우선
적 권리가 있다는 조항이 있으니 먼저 우리 쪽 입장이 결
정되면 통보를 해주면 될거야."

"그, 그래도… 해외 판권에 대해 독점적 권리가 아니지
않습니까? 이것은 을의 존속기간동안 발생하는 해외 판권
은 출판사에게 우선권은 가지며 상세한 조건은 쌍방 협의
를 해야 하는 것으로 명시된 상태라서…."

이 모든 것이 드래곤 볼이 세계적으로 히트를 친 후, 해
외 판권 문제로 아키라 선생과 출판사가 분쟁이 붙었던 시
점부터 기인했다. 그러다 파워 게임에서 밀린 출판사가 그
날 이후로 해외 판권 독점 권리가 명시된 기존의 계약서
조항을 작가들에게 다소 유리한 상호 협의 조항으로 바꾸
게 된 것이다.

부장은 그 때를 생각하자 잠시 짜증이 났는지 비꼬는 눈
빛으로 타쿠미를 보았다.

"토리야마 아키라 선생님 때문에 이거 상당히 귀찮아지
는군. 아무튼 됐어."

"그래도 만화를 그린 쪽은 다케히코인데 서운해 하지

않겠습니까? 아시지 않습니까? 만화가들의 생활을?"

"타쿠미? 자네는 대체 누구 편인가? 자네가 해야 할 일
은 작가를 족쳐서 마감일에 늦지 않게 감시하고 어떻게 하
면 보다 더 많이 자네가 담당하는 만화책이 서점에서 잘
팔릴 수 있는 지 그것을 살피는 게 더 중요하다고 생각한
다네. 안 그런가?"

"네! 네."

"맨날 그 놈의 네, 네! 헛소리 집어치우고 약속은 취소할
테니 한국 놈들 오면 여기로 안내해. 꺼져!"

"……."

타쿠미는 한숨을 터트렸다.

주간 소년 점프의 제작권과 편집권이라는 막강한 권한
을 무기로 툭하면 그와 같은 계약직의 자존심을 비정하게
꺾어버리는 부장의 성격임을 익히 알고 있었지만, 그래도
작가를 배제하고 협상을 한다는 것은 있을 수 없는 일이
다.

책임 편집자 오츠 유키는 그의 어깨를 살짝 감싸더니 귓
속말로 속삭였다.

"자네가 이해하게. 원래 저 사람 저런 거 알지 않나?"

"그래도 이건… 나중에 다케히코씨가 알면 기분이 어떻
겠습니까? 어떻게 제가 그 사람 앞에서 얼굴을 들겠습니
까?"

"이 업계가 원래 그렇다는 것쯤은 알지 않나?"

"휴우. 정말 미치겠군요."

어찌 모를까? 연재 만화의 인기 순위 조사와 단행본의 판매량으로 작가 세계조차도 철저하게 서열화 된다는 사실. 입술을 꽉 깨물었다. 슬램덩크의 한 컷을 그리기 위해서 다케히코가 얼마나 노력했던가.

그런 그를 누구보다 잘 알고 있는 산증인이었다.

이건 아니었다. 아무리 생각해 봐도. 머리가 띵할 뿐이다.

타쿠미는 이번에 새로 연재 예정인 작가 지망생과 전화로 인터뷰를 하면서 작가가 구상하는 스토리텔링을 다이어리에 적는 중이었다. 그렇게 통화가 끝나자 무의식 중에 시계를 확인했다.

어느새 2시 08분이 넘어선 시간이다.

아닌가? 혼잣말로 중얼거렸다.

이름도 모를 한국 출판사의 방문을 학수고대하는 초라한 자신의 모습이 한심해 보였다.

라이센스 수출이라. 전혀 뜻밖이다. 웬만큼 인기작이 아니면 쉽지 않은 게 해외 판권 계약이다.

지금까지 해외 판권 계약은 드래곤볼 같은 유명 만화가 아니면 몇 작품 없었다.

그것도 대부분이 미국과 유럽 쪽이지, 한국 쪽은 꽤 생소한 지역이다. 아무튼 이 계약이 성사가 된다면 금전적인 면을 떠나서라도 그의 커리어는 대폭 오를 게 분명했다. 이 바닥에서 어떤 작품에 손을 댔는지가 결국 그 사람의 얼굴이자, 프로필이 된다 할 수 있다.

허나 여전히 소식이 없었다. 불안했다. 괜히 신경이 쓰이는 이 기분은 무엇일까. 분침은 이제 2시 17분을 가르치는 중이다.

부장의 분기탱천한 얼굴이 안 봐도 훤하게 그려질 따름이다. 그렇게 낙담하고 있을 때, 여직원이 다가오더니 그를 불렀다.

"타쿠미씨, 한국에서 손님이 오셨습니다."

"아, 네."

뒤이어 건장한 남자 둘과 통역으로 보이는 30대 초반의 여성이 가볍게 목례로 인사를 하며 다가왔다.

"타쿠미씨? 죄송합니다. 오는 도중에 차가 좀 막혀서 생각보다 늦었습니다. 양해 부탁드립니다. 참고로 저는 이 두 분의 통역이자 가이드입니다."

"별 말씀을요. 앉으시지요? 이번 일에 결정권을 가지신 부장님과 책임 편집자님을 모셔 오겠습니다."

"네, 그러시죠."

변창현 부장은 타쿠미가 윗사람을 모시러 간 사이에 김

명조 과장과 통역을 힐끗 보며 중얼거렸다.

"굳이 우리가 저자세로 나갈 필요 없어. 정현수 본부장이야 무조건 오더를 따오라고 했지만 그건 세상물정 모르는 어린 놈 이야기고…."

"하지만 부장님? 본부장님이 신신당부했던 거 기억 안 납니까?"

"김 과장? 회사를 생각하는 사람은 자네만이 아니네. 내 말은 굳이 우리가 끌려가면서까지 그럴 필요는 없다는 이야기네. 아, 벌써 오는군."

"안녕하십니까?"

"네. 안녕하세요. 반갑습니다."

서로 명함을 교환하고 십여 분간 형식적인 잡담을 건넨 후, 집영사의 테츠로우 부장은 일본인 특유의 친절한 목소리로 질문했다.

"그런데 듣자하니 슬램덩크에 관심이 있으시다구요?"

"네, 그렇습니다."

"생각하시는 금액이나 조건은 있으신지요?"

"슬램덩크의 인쇄 출판물에 대한 권리 일체와 영화 및 애니메이션 등 영상 매체를 통해 재가공 되어 제작될 경우 이에 대한 2차 저작권인 해외 판권, …그리고 한국 내의 완구와 팬시 등 캐릭터 사업에 대한 허가입니다."

테츠로우 부장은 전형적인 화이트 칼라라 할 수 있었다.

적당히 요령을 부리면서, 적당히 업무를 하고, 적당히 뺄 때는 빼는 인물형이 그에 대한 정확한 평가다. 그는 이것저것 생각을 하더니 궁금한 듯 물었다.

"그러면 그쪽에서 생각하는 라이센스 금액은 얼마입니까?"

"단도직입적으로 말씀드리죠. 일천만엔 어떻습니까?"

"너무 적습니다. 슬램덩크는 현재 독자층 반응이 날이 갈수록 뜨거워지는 편입니다. 혹시 드래곤 볼의 대미 對美 라이센스 수출 가격이 얼마인지 아십니까?"

"글쎄요? 모릅니다. 하지만 히트작인 드래곤볼과 슬램덩크를 동일선상에서 비교하는 것은 적절하지 않다고 봅니다. 미국 시장과 한국 시장은 마켓 사이즈는 비교 자체가 안 된다는 것쯤은 아실 텐 데요?"

부장은 자세를 가다듬으면서 날카롭게 대답했다.

"물론 그렇죠. 그래도 너무 낮은 금액입니다."

"부탁드립니다. 저희는 작은 회사입니다."

"그보다 한 가지 더 말씀드리죠. 만화책 라이센스는 모르겠으나, 애니메이션이나 2차 저작권 문제는 아직 슬램덩크가 애니나 영화로 제작된 상황이 아니라 뭐라고 확답을 드릴 수 있는 상황이 아닙니다. 알다시피 애니는 원작을 원작자의 허가를 얻은 후, 재가공하는 것이라 해외 수출에 대한 권리는 해당 제작업체에 있습니다. 지금 결정할 수 있는 부분이 아니라는 뜻입니다."

"하지만 애니 또한 원작자의 동의가 있어야 가능하지 않을까요? 이 경우 훗날 만화 영화로 제작될 경우 저희 AMC 엔터가 제작업체도 만족할만한 적절한 가격에 구매를 한다면 괜찮지 않을까요? 예를 들어 편당 미화 3천불 이상의 구매 희망가격을 제시할 경우 우선적으로 저희에게 판매를 한다는 특약 사항 같은 것을 삽입하면 어려울 것도 없지 않나요?"

애니메이션이라니?

순간 비웃음이 나올 뻔 했다. 대체 이 사람들은 뭘 믿고 이리 자신만만하게 나오는 지 궁금할 뿐이다. 어떤 만화가 만화 영화로 제작될 정도면 이미 그 만화는 대단한 인기를 얻고 있다고 봐야 한다. 슬램덩크가 그토록 대단한 만화란 말인가? 모를 일이다.

100조를 향해서

NEO MODERN FANTASY & ADVENTURE

Part 3-4. 드래곤볼과 슬램덩크의 차이

Part 3-4. 드래곤볼과 슬램덩크의 차이

테츠로우 부장은 약간 시선을 내리 깔면서 답답하다는
표정을 간접적으로 드러냈다.

"음, 나쁘지 않은 방식이군요. 원작가가 훗날 만화 영화
로 제작될 경우 방송국이나 애니 제작업체와 협의시 이런
조항으로 특약 사항을 걸어 놓으면 가능할 지도 모르겠네
요. 제작 업체에서도 제작 전에 구매자가 확정되면 예산
편성하기도 더 편할겁니다."

"……."

"그렇다 해도 저희 입장에서는 번거로운 것은 사실입니
다. 아무튼 법적인 부분은 저희도 회사의 변호사에게 자문
을 구해야 확실한 해답을 얻을 수 있을 것 같군요."

"아, 그런가요? 그보다 작가님은 바쁘신가 보네요?"

"후후, 작가인 다케히코군은 오늘 선약이 있어서 불행히도 상황이 여의치 않았습니다. 하지만 해외 판권에 대한 모든 권리는 저희 집영사에 있으니 크게 걱정하지 않으셔도 될 겁니다."

김명조 과장은 변창현 부장의 상기된 얼굴을 슬쩍 보더니 말끝을 흐렸다.

"아무리 그래도…."

"괜찮습니다. 제가 다 책임지겠습니다. 어쨌든 여기서 더 길게 끌어봐야 서로 입장차만 확인하는 반복의 연속일 것 같네요. 그 쪽의 조건은 충분히 들었으니, 이제 저희 회사의 최종 입장을 말씀드리죠."

"……."

"슬램덩크와 현재 주간 소년 점프의 인기 순위 1-5위에 랭크된 5종의 만화 단행본을 일괄 포함한 해외 판권 수출 계약금으로 총 4천 만엔. 한국 내 출간 될 만화책에 대한 인세 8%, 캐릭터 사업에 대한 로열티 5%, 추후에 슬램덩크가 만화 영화로 제작될 경우 편당 4천 불로 AMC 엔터에서 입도선매하여 판매를 보장하는 조건이 어떻습니까?"

변 부장은 침을 꿀꺽 삼켰다.

상대는 자신의 업무 실적을 위해 회사의 이익과는 관계

없는 방향으로 선회를 했던 탓이다. 아무래도 슬램덩크 한 질에 대해 계약을 하는 것보다는 여러 질을 묶어서 계약을 하면 윗사람들이 볼 때 긍정적인 평가가 내려질 것이라는 얄팍한 수작이다.

그보다 중요한 것은 4천 만엔을 제시한 점이다.

상당히 과하다는 느낌이다. 현재 날짜로 엔화의 환율은 1백 엔 당 587원 가량이다.

4천 만엔이면 대충 잡아도 2억 4천 만원에 가까운 거금이다. 슬램덩크를 20권 발행하고 한 권당 소매가를 3천원 초반에 잡고, 회사의 출고가를 2천원 내외로 잡는다 해도 1권당 대충 4만부가 팔려야 본전치기다. 오랫동안 출판계에 근무했던 입장에서 냉정하게 판단할 때, 이 계약은 리스크가 너무 높다는 의견이다.

그는 인상을 찡그리며 반문했다.

"너무 비싼 것 아닙니까? 거기다 저희는 슬램덩크만 원합니다. 뜬금없이 5종의 다른 만화책까지 함께 가져가라니요? 그리고 4천 만엔이라니! 심하군요."

허나, 테츠로우 부장은 쉽게 물러설 생각이 없는 듯 팔짱을 낀 채 훈계조로 설명했다.

"이 부분은 아시기 바랍니다. 저희 입장에서 한국은 미국 유럽과 달리 소규모 시장에 불과합니다. 물론 회사 입장에서야 조금이라도 매출에 보탬이 되면 좋겠지만 저 역시 제 위치라는 게 있습니다. 슬램덩크보다 더 인기가 많은 5종의 만화를 패키지로 끼워서 드리겠다는 데 이런 좋은 조건이 또 어디에 있습니까? 또한 변 부장님의 요구사항대로 아직 제작도 불확실한 애니에 관해서도 저희가 그쪽에 최우선적으로 판매를 한다는 특약사항까지 Accept를 했습니다."

"……."

"최근 드래곤볼의 성공으로 한국의 수입업체들이 일본의 인기 애니 비디오를 수입해 가는 편당 가격이 미화로 2천 불 수준까지 올랐습니다. 훗날 저희가 애니 제작업체를 설득시키기 위해서는 적어도 편당 4천 불 정도의 조건은 걸어야 가능한 부분이죠. 그 외에 한국의 서울문화사가 작년에 드래곤볼을 수입해갈 때 제시한 인세율이 만화책이 15%, 캐릭터 사업권의 로열티가 10%입니다. 슬램덩크의 만화책 인세율 8%와 캐릭터 로열티 5%는 이에 비하면 아주 저렴한 가격입니다."

변창현 부장은 정신없이 바쁜 집영사의 사무실 전경을 응시하더니 결국 한숨을 토해야 했다.

그것은 정현수 본부장에 대한 불만이었다.

어떤 논리나 내부 정보도 없이 인기도 없는 슬램덩크를 무조건 수입하라는 지시에 불만이 안 생긴다는 게 더 이상했다. 무슨 생각인지? 휴우. 그저 답답할 뿐이다. 이런 변 부장의 눈치를 살피던 김 과장이 재빨리 상황을 정리한다.

"예상외의 상황이라 저희도 한국 본사에 연락을 해서 본사의 의견을 구해야 할 것 같습니다. 그럼."

"그러시죠. 허나 다시 협상을 진행해도 더 이상 양보는 어려울 것 같습니다."

"알겠습니다. 그럼."

최상철 전무는 현장에 익숙한 투박한 노동자 기질과 함께 고리타분한 관리자 타입이 혼재된 약간 구세대적인 인물이었다.

푸근한 말투에 살짝 튀어나온 뱃살, 그리고 약간 굼떠 보이는 행동은 상대를 쉬이 방심하게 만들지만 의외로 자신의 생각을 가감 없이 전달하여 상대방을 설득시키는 재능도 있었다.

정현수 본부장이 쟈스민 차의 그윽한 향기를 풍미하던 그 시점에 최 전무가 방문을 열고 들어왔다.

"어떻게? 알아보시라고 한 건 알아 보셨습니까?"

그러자 자리에 최 전무는 정중한 자세로 의자에 앉더니 서류철 사이에 끼워져 있던 무언가를 꺼내서 펼치기 시작했다. 그것의 정체는 장난감 모양의 그림이 그려져 있는 여러 장의 A4지였다.

"…네. 지난주에 부산과 대구 출장을 다녀오면서 제 주변 지인의 소개로 몇 군데 OEM 전문 PCB 공장을 다녀왔습니다. 본부장님 말씀대로 설계도의 개념 자체는 꽤 간단한 게임기라서 국내에서도 충분히 제작은 가능하다고 합니다. 하지만…."

정현수 본부장은 탁한 어조로 말을 내뱉었다.

"왜요? 문제가 있나요?"

"총 세 군데 공장을 컨택했는 데 그 중 한 곳은 그쪽에서 납품하는 대기업의 물량 관계로 저희 쪽 오더를 받아 줄 여력이 없다고 했고, 다른 한 곳은 50% 선수금을 주어야 설계 및 제작이 들어갈 수 있다고 합니다."

"선수금이라니? 샘플 제작 아니었나요?"

최상철 전무는 마른 침을 꿀꺽 삼키더니 차분하게 상황을 설명했다.

이런 최 전무의 모습에 문득 과거의 인연이 겹쳐지며 기억이 떠올랐다.

회귀 전에 그와 최상철은 판매 직원과 거래처 사장의 관계로 만난 사이였다. 그의 기억 속에 최상철은 사장이었음에도 늘 누구보다 먼저 나와 공장 정리를 하거나, 지게차로 물건을 나르며 365일 내내 쉬지 않고 일만 하는 우직한 인물로 자리 잡고 있었다.

그 당시 그는 철저하게 갑의 입장이었고 불행히도 자신

은 을의 입장이었지만, 그는 단 한 번도 판매 직원이 느껴야 하는 그런 무시와 푸대접은 당하지 않았다.

오히려 인생 선배로서 그는 늘 좋은 말, 세상을 살아가는 요령을 가르쳐 주며 탐욕으로 가득 찬 이기적인 그의 인생에 있어서 올바른 나침반 역할을 했다.

그 때문에 일부러 직접 거주하는 곳까지 찾아가서 경력과 무관하게 최상의 조건으로 AMC 엔터의 2인자로 영입한 것이다.

지금까지 적지 않은 경험을 하면서 느낀 점은 하나다. 절대로 사업을 하면서 친척이나 친구와 함께 하면 안 된다는 것이다. 친인척이 남보다 못하다는 말을 들어본 적 있는가?

그는 주위에서 사업을 하면서 친척이나 친구를 끌어들였다가 끝내 배신을 당하고, 원수지간이 되는 그런 빌어먹을 광경을 많이 보아 왔던 탓이다.

흔히들 말한다. 삼성의 인재 경영 어쩌고…. 인재 하나가 수 만 명을 먹여 살린다는 몽상에 가까운 궤변 아닌 궤변만 늘어놓는다. 철저하게 있는 놈의 관점이다.

실제 기업은 전혀 그렇지 않다. 작은 기업은 대기업에게 물어뜯기다 결국 처참한 뼈만 남아 굶어 죽는 게 태반이다.

반도체와 같은 고도의 기술을 원하는 분야가 아닌 다음

에는 뛰어난 스펙이나 놀라운 천재성이 냉정하게 놓고 보면 그 기업의 발전에 있어서 과연 얼마나 큰 도움이 될까? 솔직히 회의적이라 할 수 있다. 그보다는 차라리 고위층이나 권력가와 인맥이 좋은 자들이 더 쉽게 부유해지고 성공하는 확률이 압도적으로 높지 않을까?

현실이란 그런 것이다. 그러니 미래를 훤히 알고 있는 그로서는 AMC의 2인자 자리라는 타이틀은 최상철 전무처럼 정직하고 성실한 인물이 오히려 더 낫다고 평가한 것이다. 물론 그 이면에는 다루기 쉽다는 이기적인 마인드도 작용했다. 최 전무는 차분한 어조로 말을 계속했다.

"네, 그게… 알다시피 본부장님이 말씀하신 메인 보드 쪽 OEM 공장들이 사이즈가 큰 곳이 많아서 우리 같이 작은 곳은 쳐다보지도 않는 게 현실입니다."

"그런가요? 다른 한 곳은 뭐라고 합니까?"

"거기는 그나마 낫지만 공장이 영세한데다 단가를 가장 높게 불러서…."

"얼마 부르던가요?"

"1개 당 5,200원을 말하더군요. 또한 그 쪽도 어음은 사절이고 그 달에 출고되면 다음달 10일 현찰 결재 조건입니다."

정현수는 머리가 지끈거림을 느꼈다. 그의 동공은 일주일 전, 최 전무에게 스케치 형태로 그려 준 소형 게임기 형태의 디자인을 직시했다.

아기자기한 동그란 케이스 안에 액정 화면이, 그리고 아랫부분에는 3개의 조작 버튼이 달려 있었다.

1990년대 말에 전 세계적으로 선풍적인 인기를 끌었던 바로 다마고치 게임기다. 그는 최대한 그 때의 기억을 되살려 다마고치 게임의 외부 디자인과 작동 방법 등을 간단하게 그림을 그려서 설명해 주었다.

다마고치 게임은 알에서 부화된 병아리를 가상으로 애완동물처럼 육성하는 시뮬레이션 시스템이다. 정해진 시간에 음식을 주고, 어떤 때는 함께 놀고, 배설물도 치워야 했으니 어린 아이들의 흥미를 유발할 요소가 많았다.

당시 일본의 완구 제조 회사인 반다이사에서 만든 다마고치 게임기는 공급보다 수요가 많아서 암시장에서 열 배가 넘게 거래되었던 초히트 상품이었다.

현수는 내심 고민에 빠졌다. 그러더니 최 전무를 향해 나지막한 어조로 불만을 터트렸다.

"5200원은 너무 비싼데? 이 가격에 우리 마진을 붙이고 다시 유통을 통해서 가게에 풀리면 최종 소비자 가격이 잘못하면 만원 후반대나 2만원이 나올 수 있다는 이야기인데… 참, 최 전무님? 방금 선수금 언급한 그 쪽에서는 다른 조건은 없었습니까? 그리고 단가는 어떻게 합의 봤습니까?"

"개당 3,600원 달라고 합니다. 하지만 기본 물량에 대한 보장이 있어야 한다고 합니다."

"대체 얼마를 원한다는 겁니까?"

"1년 안으로 십 만개 이상 물량을 가져가야 맞춰줄 수 있다 합니다."

"이거야 원. 아예 거래 하지 않겠다는 거나 마찬가지 아닙니까?"

최 전무는 이 모든 것이 자신의 책임인양 고개를 숙이며 사과의 뜻을 표시했다.

"죄송합니다. 다른 곳을 더 알아보겠습니다."

"전무님이 저에게 죄송할 필요는 없습니다. 함께 머리를 짜내보죠."

그는 생각에 잠겼다. 한 곳은 생산 물량이 폭주해서 거절이다. 다른 한 곳은 최종 납품가격이 너무 비싸서 문제였고, 마지막 남은 곳도 선수금 50%에 최소 10만개 물량 개런티(Guarantee)를 원하고 있었다.

마진율이나 공장 가동 상황, 그리고 거래처의 신용도 등에 따라 거래가 이루어지든 말든 큰 흥미가 없는 이른바 배짱 영업이다.

10만 개라… 10만 개면 1개에 3,600원을 잡아도 3억 6천만원이다. 물론 회귀 전처럼 순조롭게 미래가 진행된다면 이 휴대용 소형 게임기는 한국뿐만 아니라 전 세계적으로 히트를 칠 가능성이 매우 높았다.

이 경우 3억 6천이 아니라 36억도 사실 큰 문제는 아니다. 그렇지만 세상 일이라는 것은 모른다.

이미 누나가 회귀 전의 과거 때보다 더 빠른 시점에 가출을 해버린 후였다. 만약 다마고치가 히트를 치지 못하면 어떻게 될 것인가?

무엇보다 회사 자금 사정이 빠듯했다. 선수금으로 3억 6천의 1억 8천을 넣고, 그 후에 다마고치의 흥행과는 상관없이 나머지 잔금 1억 8천도 부담해야 하는 조건이다. 아직 일본의 슬램덩크 판권 계약도 맺지 못한 상황이다. 오늘 오전에 일본에 출장 간 변 부장에게 국제 전화로 듣기로는 일본의 집영사쪽에서 예상과 다르게 배짱을 부리는 형국이라 한다.

거기다 매월 2천 만원이 넘게 회사 경비가 나가고 있었다. 만에 하나 다마고치쪽에서 문제가 생길 경우 그 피해는 회사 전체에 영향을 줄 것은 불을 보듯 뻔한 이치다. 결론은? 지금 섣불리 결정할 문제가 아니었다.

결국 다마고치 사업은 회사의 자금이 넉넉해진 이후에 하기로 하고, 어쩔 수 없이 잠시 보류하기로 했다.

뜨거운 태양이 귀찮게 구는 한여름이다.

어제 밤새도록 이것저것 고민하느라 잠을 제대로 못 잔

현수는 이른 새벽부터 집을 나와 조깅을 하는 중이다.

건강을 위해 시간이 될 때마다 조깅을 한 지도 벌써 10개월째다. 집에서는 그가 개인적으로 회사를 운영한다는 사실을 이미 인지하고 있는 상황이었다.

그 때문인지 어머니는 요즘 어색하게 어깨에 힘이 들어가 있는 듯 했다. 그의 어머니에 대해 그보다 더 잘 아는 사람이 과연 몇이나 될까?

어머니는 흔히 말하는 동화 속의 주인공처럼 순박하고 착한 여자 타입은 결코 아니었다. 그녀는 늘 투덜거리면서도 눈치가 빠른 편이다. 자식으로부터 적지 않은 돈 봉투를 주기적으로 얻게 되자 그녀가 가장 먼저 선택한 일은 지겨운 가정 도우미 일을 그만두는 것이었다.

그러면서 최근에는 집도 고급스러운 곳으로 옮기자며 아주 한껏 속물 근성을 부린다. 허나 뭐 어떤가.

그녀는 하나뿐인 그의 부모였다. 돈이라는 것은 원래 그런 것이다. 그는 그가 해줄 수 있는 것은 무엇이든 다 해줄 생각이다.

명품으로 온 몸을 도배하고 한껏 사치를 즐기며 넓은 저택에서 떵떵거리고 사는 삶은 누구나 꿈꾸는 생활이다. 우리가 그러한 부귀한 삶을 누리지 못하기에 배알이 꼴려서 질투하는 것이지, 실제 그런 행운이 자신을 찾아 온다면 그것을 굳이 정의로운 열사처럼 가식을 떨면서 손사래로 거절할 인간이 과연 몇이나 되겠는가.

인간은 인간일 뿐이다. 그의 지론은 확고했다.

질투와 시기도 인간이기 때문에 발생 가능하다. 나눔과 배려도 우리가 인간이기 때문에 존재한다.

그래. 그저 그는 행복하면 되는 것이다. 비록 그 행위가 타인의 관점에서 보기에 다소 비도덕적이라 해도 뭐 어쩔 수 없다.

그는 선구자도, 선인도, 영웅도 아닌 그냥 짜릿한 포르노를 보며 자위로 쾌락을 즐기는 그런 하찮은 존재이기 때문이다.

물질은 인간을 풍요롭게 만든다. 피곤에 찌들지 않은 어머니는 이제 더 이상 냄새 나는 수건을 수건걸이에 걸지 않았다. 아버지는 인테리어 업자의 눈치를 안 보고 그가 쉬고 싶을 때 쉬는 작은 자존심도 가지게 되었다.

청담 중 中이라는 상류층 아이들의 배움의 놀이터에서 이제 남동생은 더 이상 짝퉁 메이커 신발이나 신고 다니지 않아도 된다.

그렇다. 우습겠지만, 쌍욕이 튀어나오겠지만 이 모든 변화는 그가 가진 황금으로 인한 것이다.

조깅을 끝내고 돌아온 지금 그의 앞에는 양파와 야채로 다져진 계란말이와 노릇하게 구워진 감자볶음, 맛깔나는 김치, 묽은 된장국과 하얀 밥이 정갈하게 차려져 있었다.

어머니는 설거지를 하면서 웃고 있다.

젓가락으로 반찬을 집었던 손이 잠시 멈췄다. 별 것 아닌 상차림이지만, 가슴 속에 불끈 솟구치는 무언가가 존재했다. 회귀 전에 부모로부터 이런 따스한 아침을 먹어 본 게 과연 몇 번이나 되는 지 손가락으로 꼽아 본다.

설령 밥을 차려줘도 피곤에 절어 있던 가족들은 그 화를 툭하면 자식들에게 퍼붓기 일쑤였다.

식사를 끝마친 현수는 8시가 아직 안 된 이른 시각에 택시를 타고 도산 공원 사거리를 지나 영동 호텔 부근에서 내렸다. 돈을 계산하고 신호등을 건너려 할 때 어떤 젊은 아가씨가 천천히 걸어오는 것을 봤다.

그 아가씨와 시선이 마주친 것은 그 시점이다.

그녀는 밤갈색의 긴 머리카락과 오똑한 코, 동그란 눈, 하얀 반팔 티셔츠에 노란 색 면바지를 입고 있었다.

그리고 착각인지 몰라도 너무 닮아 있었다.

과거 젊은 시절 그의 마음에 잔인하게 비수를 꽂았던 첫사랑이었던 그녀의 모습과. 아니, …미안한데 그녀와는 비교가 안 될 정도로 아름다운 외모를 지녔다.

만화 속에 튀어나온 여주인공이 이런 느낌일까.

가슴이 쿵쿵 뛰었다. 상큼한 향내가 그의 코끝을 매혹적으로 자극하며 스쳐갔다.

대체 이건 무슨 기분이지? 이런 느낌이라니?

그는 그녀와 동선을 같이 하지 않기 위해서 일부러 천천히 걸음을 옮겼다.

100조를 향해서

NEO MODERN FANTASY & ADVENTURE

Part 4-1. 욕망이란 이름의 탐그루

Part 4-1. 욕망이란 이름의 탐그루

    영동 호텔을 건너 골목으로 들어섰다. 그녀의 눈망울은 잘은 몰라도 옅은 슬픔이 배여 있는 듯 했다.

    그리고 기이하게도 둘의 동선은 같았다.

    이름 모를 여자가 슬쩍 고개를 들어 현수를 쳐다본다.

    그러자 시선이 마주치자 멋쩍은 표정으로 시선을 회피했다. 이게 무슨 일이지? 얼굴이 붉어졌다. 가슴이 뛰었다.

    이 세계가 멋져 보이지도, 결코 아름답지도 않음을 이미 질리도록 경험하고, 겪었던 자신이다. 이딴 순정 만화와 같은 스토리는 대체 무엇이란 말인가. 그럼에도 심장은 여전히 진정되지 않고 힘차게 펌프질을 하고 있었다.

사실 간단하다. 이런 감정의 굴곡은 이름 모를 여자가 가진 아름다움에 있었다. 세상은 평등하다고? 정말 그렇다고 느끼는 사람이 있을까.

평등이라는 단어는 사전적인 의미로 신분의 평등만을 의미하는 것은 아니다. 정말 세상이 일괄적으로 평등하다면 인종 차별이라는 단어 자체가 나오지 않았어야 할 것이다. 현실적인 아름다움은 보다 인간을 정서적으로 풍요롭게 해주는 달콤한 과실임은 분명했다.

여자는 이뻤다. 또한 사랑스러웠다. 그 어떤 신이 조각한 것보다 더 매혹적이고 청순하다.

문득 간만에 스스로의 감정에 충실해지고 싶어졌다.

그럼에도 스스로의 비주얼을 연상하자 이내 낙심하고 만다. 돈 버는 데 바빠서 아직까지 꾸미지 못한 초라한 외모다. 정면으로 그녀의 눈과 마주칠 용기가 없어진 탓이다.

그렇게 비슷한 과정이 두어번이 지나갔다.

그녀가 걷고, 그가 따라가고, 조금 있다 그녀가 고개를 돌려 쳐다본다. 그리고 머뭇거리더니 다시 걷고, 그가 따라간다.

마침내 그녀는 새침한 표정으로 고개를 돌리면서 현수에게 질문을 쏘아붙였다.

"죄송한데? 왜 저를 따라 오시는 거죠?"

"그, 그게. 저도 회사에 가는 길이라…."

음성이 파르르 떨렸다. 현수는 예상하지 못한 여자의 반문에 말꼬리를 가볍게 흐려야 했다.

"아! 그렇군요. 죄송합니다. 제가 오해를…."

"아, 아니에요."

기묘한 상황이다. 흡사 어린 시절 블럭으로 탑을 쌓다가 중간에 블럭 하나를 빼려는 형의 짓궂은 장난에 절박한 초조함으로 뭉그러진 그런 유치한 기분이다.

여자는 남자를 치한으로 의심을 하다가 미안하다는 표정이 역력했다.

"그, 그럼."

"아…."

그는 잠깐 주춤하다가 빠른 걸음으로 움직였다.

가로수 길은 여름 나절의 정취를 물씬 풍기며 꽤 한산한 편이다. 그 순간 그는 지금 이 시간이 지나면 다시는 그녀를 볼 수 없을지 모른다는 불안감에 휩싸였다. 왜인지 몰라도 그것은 끔찍한 두려움이라는 감정이다.

뻔뻔했지만 재차 고개를 돌려 그녀의 모습을 본다.

다시 눈이 마주쳤다. 그는 머리카락을 살짝 손으로 넘기며 어색하게 고개를 돌린다.

시간은 짧다. 또 어떤 시점에서 시간은 길고 길다.

그는 이 시간이 영원히 끝나지 않기를 염원했다. 그 염원은 사악한 욕정에 가득 찬 사춘기 여드름 소년의 생리 적인 욕구는 아니었다. 그저 미(美)에 대한 찬미 일 뿐이다.

그 둘은 약속이나 한 듯이 동시에 어느 카페의 오른쪽 골목길로 꺾었고 목적지에 다다른다. 그녀는 이번에도 의혹이 한껏 깃든 예리한 눈빛으로 직시했다. 순간 멋쩍어지는 것은 어쩔 수 없나 보다.

"왜? 저를 따라 오시는 거죠?"

"그, 그게. 여기가 저희 회사라서…."

"아, 그럼? AMC 엔터테인먼트?"

"네."

처음으로 그에게 환한 미소를 보여주고 있었다.

그 눈빛은 불안과 경계로 뒤섞인 혼돈에서 돌연 포근함으로 변화되어 다가온다. 그녀는 아직 문이 닫혀 진 4층짜리 건물을 쓱 살피더니 그에게 다가와 수줍은 듯 말을 건넸다.

"오늘 오디션 보는 날 아닌가요? 광고에 보면 9시까지 회사로 오라고 하던데?"

"글쎄요? 오늘은 아닌 것 같은데…."

현수는 고개를 긁적이며 잠시 생각했다. 아마 저번에 지시한 걸 그룹 오디션 때문에 이렇게 일찍 방문한 듯 추측된다. 이미 관련 보고서는 검토를 끝내고 결재를 한 후였지만, 최근 다른 문제로 꽤 바빠서 정확한 오디션 날짜까지는 체크를 못했던 것이다.

기억을 더듬더니 그 때서야 날짜가 떠올랐다.

"날짜를 잘못 아셨나 보네요. 오늘이 아니라 아마 내일 모레일 겁니다."

"아? 그런가요?"

"아마도 그럴 겁니다."

"하긴… 기획사 오디션이면 적어도 지금 이 맘 때쯤이면 꽤 많은 인원이 기다리고 있을 텐데 한 명도 없으니…."

"저기…?"

"네?"

그는 손가락을 뒷주머니에 넣은 자세로 멍하니 그녀를 보다가 무심결에 말을 던진 것이다.

이대로 그녀를 보낸다면 평생을 후회할지 모른다는 안타까운 감정이 해일처럼 밀려 들었다.

그럼에도 자신이 없었다.

그렇다. 그는 그 순간 살짝 후회를 해야 했다.

회귀 후에도 여전히 꾸미지 않고 있는 답답한 모습 그대로다. 이럴 줄 알았으면 명품 옷이라도 하나 입는 건데…. 투박한 검은 안경에 그 흔한 젤조차 바르지 않은 머릿결, 싸구려 와이셔츠까지.

토끼 같은 눈망울로 다음 말을 기다리는 여자를 정면으로 응시하자 안 되겠다 싶어 용기를 내어 하고 싶은 말을 끄집어냈다.

"기왕 여기까지 오셨는데 회사에 들어오셔서 커피라도 한잔 하시고 가시죠?"

"아, 호의는 고맙지만 괜찮아요."

"그러니까… 그래도 여기까지 오셨는데….""

"……."

어색한 침묵이 스쳐갔다. 어디서나 당당하고 성숙한 정현수라는 존재는 사라지고, 지금 남아 있는 아이는 더없이 소심하고 여렸다.

미정은 부드럽게 미소를 지으며 무언가를 생각하는 듯했다. 사실 낯선 남자로부터 이런 식의 접근을 적지 않게 받아 보았다.

남자는 어려 보인다. 무엇보다 자신의 눈을 제대로 마주치지 못하고 있었다. 그녀가 상대했던 추하고 진저리나는 남성의 탁한 이미지가 아니다. 이 아이는 그녀와는 다른 세계에 있는 아이로 느껴진다.

물론 지금의 감정은 이성에 대한 호기심은 아니다. 그녀는 이성에게 관심을 가지기에는 그녀의 삶 자체가 너무 고달팠다. 어제 그녀는 사실 안 좋은 일이 있었다.

그런 음울한 감정으로 제대로 잠도 못 잔 채로 찾아온 기획사 오디션이다. 그녀는 궁금해졌다. 그녀의 세계에 문을 강제로 비집고 들어 온 남자가 아닌, 다른 세계에 사는 이 남자 아이는 어떤 아이인지가.

그녀는 흐릿하게 눈을 찡그렸다.

"남의 회사에 들어가기는 싫네요. 대신에 자판기 커피 하나 사주세요."

"아, 그러죠."

"저기에 자판기 있던데? 우리 같이 가요."

"아, 네."

그녀가 그의 옷을 살짝 잡아끌었다. 순간 코 잔등을 스치는 밤꽃 같은 연하고 상쾌한 향기가 스쳐간다.

화장품 특유의 짜릿한 내음이다. 동전을 넣고 자판기의 버튼을 눌렀다.

뜨거운 커피가 나온다. 두 잔을 받아 나눠서 마시기 시작했다.

"좋네요. 모처럼만에 아침에 일찍 일어났는데…."

"저기? 이름이 어떻게 되죠?"

"왜요? 관심 있으세요?"

"아, 뭐 그렇죠."

"미정, 신미정이에요."

"그렇군요. 저는 정현수라고 합니다."

그녀는 호기심 어린 눈빛으로 상대를 탐색하며 묻는다.

"여기? 근무하시나 보죠?"

"네."

"후후, 내일 모레 오디션 오면 윗사람한테 말해서 잘 좀 봐달라고 해주면 안 될까요? 너무 염치 보이는 부탁인가? 풋!"

"가수가 되고 싶나 보죠?"

"꼭 가수라기 보다는 그냥 노래하고 춤추는 게 좋아요. 왜요? 나 같은 사람은 연예인 하면 안 되나요?"

현수는 미정의 대꾸에 뜻 모를 빛으로 잠시 주저하는 모습을 내비쳤다.

"그건 아니고…."

사람에게 호감을 가져 본 적이 있다면 알 것이다.

그는 이성보다 본능이 앞서는 이 기이한 감정을 떨쳐버리기 위해 필사적으로 정신을 부여잡고 있었다. 그럼에도 쉽게 이 미혹은 사라지지 않았다. 그녀의 이런 물음이 기뻤다. 그리고 반가웠다.

어째서 처음 보는 보잘 것 없는 어린 청년의 뜬금없는 제안에 그녀가 선뜻 승낙했는지도 이제는 알게 되었다. 아마 기획사 오디션에 자신을 알면 도움이 될지 모른다는 얄팍한 생각일 것이다.

그럼에도 그 자신이 그녀에게 어필할 수 있는 게 있다는 것에 기분이 좋아진다.

뭐 어떤가? 계산적이라고? 순수한 것이 아니라고? 조소만 나올 뿐이다.

인간은 누구나 살아가면서 계산적으로 행동하고 산다. 말 한 마디, 행동 하나에 그들은 얼마나 많이 준비하고 따지는가. 그저 이 감정에 충실하자. 그것으로 된 것이다.

"잘 마셨어요. 그럼."

"아, 잠, 잠깐만!"

"왜요?"

"혹시 이쁘다는 이야기 많이 듣지 않나요?"

"후후, 그게 중요한가요? 나는 내 외모가 싫던데?"

그 때 그녀의 동공은 사형을 기다리는 사형수처럼 진한 슬픔을 간직하고 있었다. 끝이 없는 심연이다. 쓰라린 처연함이다. 현수가 물었다.

"아, 왜 싫으세요?"

"글쎄요? 왜 싫을까요? 추측해보세요. 아무튼 저 갈게요. 다음에 또 만날 기회가 있을지 모르지만, 그 때는 밥이라도 한 끼 해요. 그럼."

"네. 잘 가세요."

현실과 공상은 많이 다르다. 미정은 가볍게 작별 인사를 한 후, 뒤도 돌아보지 않고 떠났다.

현수는 멍하니 그저 바라만 볼 뿐이다. 아직 미성년자라 자동차로 그녀를 배웅 한다는 핑계로 흔해 빠진 저열하게 보이는 행위도 할 수 없었다.

뻔뻔하게 영화처럼 손목을 강제로 잡아 끌고 데이트를 요청하기에는 스스로 부족한 외모가 가시처럼 걸린다. 아니 굳이 못할 것은 없었다.

허나 세상은 언제나 그랬듯이 이런 보잘 것 없는 외모로 인형 같은 여자 아이에게 접근할 경우 까일 확률은 안 봐도 뻔하다.

그것은 두려움이다. 그의 제안을 거절할지 모른다는 막막함이다. 그녀가 멀어지고 있었다.

설레임, 아찔함, 흥분, 먹먹한 여운이 뿌연 안개처럼 스치고 지나간다. 그리고 이제야 새벽녘의 고즈넉한 아침이 시작된다.

다음 날 현수는 간편한 복장과 여행용 가방 하나만 끌고 일본 도쿄 하네다 국제공항에 도착했다. 변창현 부장과 김명조 과장이 그의 모습을 보자 팻말을 흔들며 출국장에서 반갑게 환영했다.

"좀 늦으셨네요. 수고 많으셨습니다."

"관광 비자로 들어와서 이것저것 캐묻느라 힘들었네요. 휴우, 입국 심사대에서 30분이나 붙들려 있었습니다."

"네? 혹시 비자에 문제가 있었습니까?"

변 부장의 질문에 주차해 있던 렌트한 승합차에 올라 탄 정현수 본부장은 성질을 내며 투덜댔다.

"…일본인과 구미 쪽 백인들은 쉽게 통과시키는 데 한

국인은 동남아 쪽 방문객들과 같이 심사를 받더군요. 한국이 많이 발전했다고 하지만 확실히 아직 모자라네요."

"일본 놈들이 오죽하겠습니까? 아시아의 백인이라고 하는 놈들인데요."

"젠장!"

현수는 아까의 기억을 떠올리며 불쾌한 감정을 되살려야 했다. 아직 어린 나이인데다 혼자 입국을 한다고 하니 아마도 입국 심사팀에서는 그의 불법 체류를 의심했던 것으로 추정된다.

그들은 더할 나위 없이 고압적이었다. 마치 범죄자를 가둔 것처럼 온갖 무례하고 모욕적인 행동과 마주쳐야 했다. 다행히 기본 생활 영어는 어느 정도 가능한 관계로 각종 항의와 인상을 쓴 끝에야 비로소 풀려 날수 있었다. 간만에 화가 많이 났다. 그럼에도 어쩔 수 없이 당해야 하는 현실의 울분에 무기력함만 느낄 뿐이다.

힘이 없으면 당한다. 국력의 차이였다. 21세기가 코앞인 요즘 세계에서도 뼈저리게 느끼는 교훈이다.

그들이 투숙한 곳은 도꾜의 오다이바 해변 공원쪽에 위치한 전망이 좋은 4성 급 호텔이었다.

호텔의 커피숍 한 구석에 변 부장, 김 과장과 같이 앉은 상태로 슬램덩크 해외 판권에 대해 설명을 들었다.

"…어쨌든 방금 말씀 드린 것처럼 이것이 최종적인 그

들의 입장입니다."

"4천 만엔이라? 생각보다 가격이 높은데요? 그 밑으로는 전혀 불가능하다는 건가요? 변 부장님?"

"쉽지 않아 보입니다. 아마 슬램덩크 원작자와 그쪽 담당자인 부장 사이에 알력이 있지 않나 생각합니다. 원래 예상은 천만엔을 불러서 그쪽이 받아들이지 않으면 이천만엔 정도로 합의를 볼 예정이었는데 터무니없는 조건으로 배 째라는 식으로 나오니 저로서도…."

변창현 부장은 배가 고팠는지 샌드위치를 나이프로 잘라서 잔뜩 입에 넣고 오물거리며 대화를 진행했다. 정현수 본부장은 오른팔로 의자의 턱받이에 기댄 채 질문을 던졌다.

"좋습니다. 뭐, 슬램덩크 뿐만 아니라 현재 인기 있는 인기 순위 1-5위까지로 묶는 턴키 방식과 만화책 인세 8%, 캐릭터 사업 로열티 5%까지는 괜찮습니다. 그리고 또 뭐가 걸린다고 했었죠?"

"추후 애니메이션이나 영화로 제작될 경우 저희가 미리 편당 4천 불에 입도 선매 방식으로 구매를 하는 조건입니다."

"음… 미화 4천 불이라."

"제 생각엔 굳이 애니메이션까지 미리 선 구매를 할 필요는 없다고 생각합니다. 거기다 동종 일본 애니 수입액과 비교할 경우 2배 이상 비싼 금액이라…."

"무슨 말씀인지는 알고 있습니다."

슬램덩크는 1990년대 드래곤볼, 유유백서와 함께 일본 만화 3대 작품에 기록될 정도로 흥행 신화를 쓴 작품이다. 초기에 작품 반응이 컨셉 문제로 기대에 못 미친 것은 사실이지만, 2권이 출간되면서부터 뛰어난 스토리와 그림체에 빠진 10대-20대 남성 독자층에게 폭발적인 반응을 보이게 된다.

이런 미래를 모르는 변 부장의 입장에서는 입도선매 방식으로 미리 애니메이션을 구매한다는 것은 불을 지고 섶에 뛰어드는 격이라 최선을 다해 만류를 하고 싶을 것이다.

그러나 나중에 슬램덩크 판권을 얻기 위해 삼성, SK와 같은 대기업까지 이 시장에 뛰어들면서 배팅 금액은 하늘 높은 줄 모르고 치솟게 된다는 사실까지 알까?

뭐, 편당 4천 불도 괜찮다. 그러나 문제는 4천 만엔이라는 적지 않은 계약금이다. 회사의 자금 사정도 그렇고 무명작인 슬램덩크를 4천 만엔이라는 큰 금액을 지불하고 라이센스를 가져온다는 것은 세 살 먹은 바보라도 안 할 짓임은 분명하다.

현재 환율이 백엔당 원화로 대충 6백 원으로 계산하면 2억 4천만원이라는 돈이다. 회귀 전 2014년이었다면 체감 액수는 10억과 비슷했다.

그는 헝클어진 머리속을 정리하더니 변 부장에게 지시했다.

"그 작가를 만나보고 싶군요. 아무래도 부장이라는 작자가 중간에서 장난치는 것 같은 느낌이 많이 듭니다."

"저희도 그렇게 생각합니다. 부장 입장에서는 계약을 잘 성사시켜도 크게 자신에게 돌아올 이익이 없는 데다 여러 가지 우리가 모르는 내부 알력이 있는 것 같았습니다."

"그 타쿠미라는 사람 연락처 있죠? 연락해서 작가 집 좀 알아봐주세요."

김 과장은 약간 망설이는 기색으로 반문했다.

"그 사람도 월급쟁이일텐데 입장이 좀 난처하지 않을까요?"

"정중하게 이쪽 사정을 설명하시고, 서로 계약을 하면 당신도 좋고 우리도 좋지 않냐는 방향으로 설득을 해주시면 될 겁니다."

"무슨 뜻인지 알겠습니다."

술에 떡이 된 다케히코가 정신을 차린 시기는 늦은 오후 무렵이었다. 만화를 그리는 전용 작업 공간에는 만화 도구 대신에 어제 먹다 남은 시큼한 맥주병 십 여 개와 과자조각, 땅콩 부스러기만 지저분하게 굴러다닐 따름이다.

극심한 갈증에 생수 1.2리터를 마개를 따자마자 벌컥 들

이켰다. 그리고는 소파에 앉자 재차 엊그제의 상황이 기억
났다. 책임 편집자인 오츠 유키씨, 담당인 타쿠미가 뒤늦
게야 진실을 알게 된 다케히코를 막아서고 있었다. 하지만
다케히코는 극도로 흥분한 상태였다. 이미 이성의 끈을 놓
아 버렸던 것이다. 그렇게 그 둘을 거칠게 밀치고 부장실
로 들어섰던 것으로 기억한다.

— 아니! 부장님! 세상에 작가를 제쳐놓고 협상을 하는
경우가 어디 있습니까?

— 무슨 소리야? 타쿠미가 당신 집에 몇 번이나 연락을
했는데? 그리고 만화는 당신이 그리는지 몰라도 모든 저
작권은 당신이 출판 계약서에 서명을 한 이상, 그 권리는
출판사로 귀속된다는 것쯤은 이제 알 텐데? 왜 이리 멍청
하게 구는 거야? 당신 제정신이야?

— 그래도 이건 아니지 않습니까? 매너가 아니죠. 거기
다 해외 판권의 경우엔 분명히 쌍방의 협의 하에 결정짓는
것으로 적혀 있지 않습니까?

— 그래서? 지금 나한테 덤비는 거야? 고작 작가 나부랭
이 쥬제에 어디서 감히! 너? 이 자식! 이 바닥에서 영원히

매장되고 싶어? 예의를 지켜. 다케히코군!

– 젠장! 더러운 놈! 뭐? 씨발? 만화? 더 이상 안 써! 안 쓰면 될 거 아니야!

– 그러든지, 그런다고 눈 하나 깜짝할 것 같나? 지금 이 시간에도 주간 점프에 연재할 기회를 준다고 하면 감격의 눈물을 흘릴 작가 지망생들이 얼마나 많은 지 알기는 아나? 철이 없군. 철이 없어. 세상이 얼마나 넓은 지도 모르고 고작 젊은 혈기 하나 못 참고. 쯧! 나가! 넌 앞으로 이 바닥에서 영원히 매장이야!

부장의 마지막 말은 예리한 비수가 되어 그의 심장을 찌르고 있었다. 과연 그가 잘못한 것일까? 좀 더 비굴하게 굴면서 부당한 대우를 받으면서도 굼벵이처럼 버렸어야 하는 것일까?

사실 홧김에 나온 행동이기는 했다. 모르겠다. 그저 멍할 뿐이다. 어시스턴트에게는 당분간 출근을 하지 말라고 했다.

이제 앞으로 어떻게 해야 하지? 어떻게? 막막하다.

그나마 나오던 원고료도 스스로 슬램덩크 연재를 안 하겠다고 부장 앞에서 그 난리를 쳤으니 아마 안 나올 것이다. 모아 둔 예금도 별로 없었다.

그렇다고 만화 외에 특별하게 할 수 있는 재주도 없다. 앞이 컴컴했다. 시커먼 절망의 벽이 가로 막는 느낌이다. 집영사의 제작 부장에게 찍혔으니 고단샤나 소학관 같은 동종 업체로 이직도 어려웠다. 일본 만화계는 알게 모르게 강력한 카르텔이 형성되어 있었기 때문이다.

그러던 그 때, 누군가 초인종을 눌렀다.

100조를
향해서

NEO MODERN FANTASY & ADVENTURE

Part 4-2. 욕망이란 이름의 탐그루

Part 4-2. 욕망이란 이름의 탐그루

"계십니까?"

"…누구신지?"

문 바깥에서는 정중한 목소리로 말했다.

"다케히코 선생님? 안녕하세요. 한국에서 왔습니다."

"아, 지금은 집이 누추해서 좀 그런데…"

"긴히 드릴 말씀이 있습니다. 부디 방문을 허락해주세요."

"…그럼 들어오세요."

"실례하겠습니다."

다케히코의 아파트로 안경을 낀 젊은 남자 한 명과 통역으로 보이는 아가씨가 예의를 갖춰서 인사를 한 후, 신발을 벗고 들어왔다.

"인사가 늦었습니다. 한국 AMC 엔터테인먼트의 본부장인 정현수라 합니다."

"아, 네. 일단 앉으시죠."

현수는 주위를 슬쩍 둘러보았다. 낡은 벽지와 우중충한 바닥재, 찌든 담배 냄새가 코를 자극해 온다. 아파트 공간은 대체적으로 협소한 편이었고, 방치된 물건으로 봐서는 만화 작업 공간과 주거 생활을 겸하고 있는 듯 보인다. 다케히코는 이런 그들의 시선을 깨달았는지 쓸쓸하게 입꼬리를 올리며 말했다.

"그런데 어쩐 일로 오셨습니까?"

"뒤늦게 소식을 들었습니다."

"아? 다 아시는 겁니까?"

"네, 타쿠미씨가 말씀하시더군요. 정말입니까? 앞으로 연재를 중단하신다는 게?"

"아마도 그럴 것 같군요. 솔직히 지금에야 생각하지만, 조금은 후회를 하고 있습니다. 고작 며칠 되었다고 벌써부터 펜을 잡고 싶다는 생각이 근질거리네요. 쿨럭!"

"한번만 더 고려를 해주십쇼. 이건 비즈니스 관계로 말씀드리는 게 아니라 슬램덩크 독자의 팬으로서 드리는 부탁입니다."

"아닙니다. 말씀만으로도 고맙군요."

다케히코는 목이 쉬었는지 기침을 몇 번 하더니 형식적

인 반응만 내비쳤다. 쉽게 볼 수 있는 거래의 방식이다. 상대방이 가진 마음의 경계심을 허물어뜨리기 위해 작가의 가장 약점인 독자라는 타이틀로 부탁을 한 것이다.

"우연치 않은 기회에 일본에 있는 친척이 가져 온 슬램덩크를 읽고 이런 글을 쓰신 분이 어떤 분인지 관심을 가지게 가졌습니다. 그러다 보니 어쩌다 여기까지 찾아오게 되었네요."

"아, 그런 건가요? 어쩐지 인기도 없는 제 작품을 한국에서 수입한다고 할 때 믿어지지 않았거든요. 정말 감사드립니다. 하지만 굳이 이제는 이럴 필요가 없게 되있네요."

"그렇지 않습니다. 작가님 글에는 진정성이 담겨져 있습니다. 작가님 혹시 어렸을 때 농구 선수 아니셨습니까?"

다케히코는 정현수의 질문에 돌연 동공을 크게 확장시키며 꽤 놀라는 모습을 보였다.

"그걸 어떻게 아셨죠? 많이 조사하셨네요. 사실 고등학교 때까지 정식 농구 부원이었습니다. 그러다 키가 작아서 결국 좌절해야 했죠."

정현수는 고개를 끄덕이며 말을 이었다.

"저 역시 농구를 무척 좋아하는 편입니다. 혹시 NBA의 L.A 레이커스의 매직 존슨을 아십니까? 2미터의 거구임에도 그가 3점 숏을 쏘는 장면을 본 적 있나요?"

"네, 스포츠 케이블 채널을 통해서 자주 봅니다."

"그 때 매직 존슨의 어린 팬 한 명이 그에게 물었던 적이 있습니다. 어째서 당신은 그렇게 큰 덩치를 가지고도 3점 슛의 정확도가 그렇게 높냐고 묻자 …매직 존슨이 이런 말을 했죠. 자신은 보스턴의 래리 버드를 이기기 위해서 1년 365일 내내 매일 백 개 씩 손에 물집이 잡힐 때까지 공을 던졌다고…."

"그렇죠. 꽤 유명한 비하인드 스토리죠. 매직 존슨 이후에 마이클 조던이 나왔죠."

"맞아요. 정말 대단한 사람이에요. 정말이지 그 점프력은…!"

"대단하죠! 아마 세상에 조던보다 더 높게 뛰는 사람이 있을까요?"

"후후, 정말 멋지죠. 저 역시 그의 팬입니다."

"맞아요. 조던은 타고난 승부사에요. 강철 같은 탄력과 뛰어난 재능을 가지지 않았나요? 특히나 상대의 밀집 수비 전형을 그대로 뚫고 단 한 번의 도약으로 레이업 슛을 넣는 그 모습은 감탄사가 절로 나오더군요."

현수는 농구 이야기로 들어가자 입에 침을 튀기며 적극적으로 설명했고, 다케히코도 절로 흥이 나서 자신의 지식을 풀어 놓고 있었다.

"동감합니다. 제가 슬램덩크에 감명을 받은 이유도 거

기에 있다 할 수 있죠. 슬램덩크에는 실제 농구 선수들이 느껴야 하는 뜨거운 열정이 근육 하나에도 잘 표현되어 있습니다."

"과찬입니다."

"아니에요. 작가님은 충분히 이런 칭찬을 받으실 자격이 있습니다. 주인공 하나미치와 타케노리의 코트 밑에서 신경전은 장신 선수들의 위압감을 완벽하게 표현하셨더군요. 더구나 캐릭터의 특색이 밋밋하지 않고 입체감을 살려서 흥미롭게 묘사하셨습니다. 때로는 서로 격려하고 싸우면서 진행시키는 변화막측한 스토리 전개 방식에 존경심을 느낀 적도 있었습니다."

"별 말씀을… 아직 부족한게 많습니다."

"아뇨. 그렇지 않아요. 감히 제가 평가할 수는 없지만 선생님의 만화에 대한 열정과 집념은 향후 훌륭한 작가가 되시기에 충분하다 생각합니다."

"……."

다케히코는 알 수 없는 미약한 희열을 느꼈다.

농구라는 단어가 나오자 마치 자신의 일인 것처럼 들떠서 말을 하는 모습에 묘한 감정이 분수처럼 솟아나기 시작했다.

아직도 얼떨떨했다. 농구에 대해 이야기하면서 이토록 죽이 잘 맞을 수 있는 이야기 상대가 존재한다는 놀라움에….

자신이 과거에 농구 선수였다는 사실은 그 누구에게도 이야
기하지 않은 프라이버시였다. 또한 이 젊은 친구는 그런 그
의 아픔을 이해한다는 듯 어떤 때는 말없이 고개를 끄덕였
고, 또 어떤 때는 농구가 얼마나 재밌는 스포츠인지 한껏 웃
으며 토론을 즐겼다.

급기야 NBA의 유명 스타 사생활까지 이어지자 다케히
코는 그의 절대 우상인 마이클 조던이 얼마나 위대한 인물
인지 난생 처음 보는 한국인 앞에서 설명해야 했다.

스포츠 앞에 국경은 없다고 누가 말하던가?

이 어린 친구는 똑똑하고, 진지했으며 사려가 깊었다.
긴 시간을 마음을 이해해 줄 친구 하나 없이 그저 만화에
만 매진하던 인생이다. 그랬다. 즐거웠다. 흥미로웠다. 그
의 만화를, 그의 작품을, 이해타산을 따지지 않고 칭찬 해
주는 이는 태어나 처음인 듯 했다.

가치는 시간에 비례하는 법이다. 수많은 인고의 세월 끝
에 탄생한 명품 도기는 그 도기의 탄생이 있기까지 그 것
을 대신하여 누군가가 희생을 바쳤을 것이다.

이노우에 다케히코란 인간에게 최우선의 가치는 바로
만화였다. 누군가 그의 만화를 진정으로 인정해줄 때 비로
소 그의 가치는 저 멀리 창공의 이글거리는 태양처럼 밝게
빛나는 법이다.

농구 이야기로 적지 않은 시간이 흘러갔다. 이 어린 친

구가 마지막으로 묻고 있었다.

"이제 저의 본심이 무엇인지 아셨을 겁니다. 저는 선생님의 슬램덩크를 원합니다. 그리고 연재 중단은 하지 말아 주십쇼. 부탁입니다. 진심입니다."

그는 고개를 조아렸다. 그와 함께 그에게 재차 부탁을 했다. 다케히코의 눈꺼풀이 저절로 감겼다.

현 상황은 어린 시절 아이끼리 크게 말싸움을 하다가 막상 주먹질로 끝장을 보려고 하니 그 결과가 감당이 안 되자, 내심 그 누군가가 중재를 해주기를 바라는 심정과 비슷하다.

그리고 마침내 중재자가 등장했다.

설령 서로의 필요에 의한 역할 분담이라 해도, 그렇다고 이대로 그의 인생을 극단적으로 마감할 필요까지야 있을까? 다케히코는 탁한 어조로 내뱉었다.

"휴우, 고맙습니다. 이 보잘 것 없는 놈을 위해 외국에서 오신 분이 이렇게까지 해주시다니."

"……."

"저라고 감정이 없고 이성이 없겠습니까? 만화는 제 인생의 모든 것이나 마찬가지인데? 저도 연재 중단은 하고 싶지 않습니다. 무엇보다 보잘 것 없는 글을 믿고 기다려 준 기존 독자에 대한 배신이니까요."

"집영사의 제작 부장 때문이라면 제가 책임지고 해결해

드리겠습니다. 그러니….”

“좋습니다. 정말 제작 부장을 설득할 수 있다면 저도 부장에게 정식으로 사과를 하고 다시 연재를 하겠습니다. 물론 그 쪽 회사와도 무조건 계약을 하도록 하죠.”

“감사합니다.”

“감사는 무슨, 제가 감사를 드려야죠. 오늘 많은 것을 배웠습니다. 만약 모든 일이 잘 성사된다면 이 은혜 평생 잊지 않도록 하겠소.”

다케히코는 눈망울에 맺힌 작은 눈물방울을 들키지 않기 위해 무심결에 고개를 창가로 돌렸다.

인기 작품도 아니고 한국 쪽에 큰 이익이 되는 일도 아니다. 그럼에도 직접 본사 책임자라는 인물이 이 멀고 먼 타국까지 날아와 이런 성의를 보인다는 자체에 깊은 감명을 받았던 것이다.

세상은 차가워 보이지만 가끔은 따스함도 주는가 보다.

그는 진실의 힘을 얻었다.

어떤 이의 공감과 어떤 이의 칭찬은 얼어버린 동토의 척박한 땅 위에 생명의 온기가 움트는 푸른 새싹 하나를 심어 준다. 그리고 그 싹은 널리 퍼지고 퍼져서, 그가 인생을 살아가는 원천이 되게 할 것이다.

대한항공 마크를 단 보잉 747 비행기는 한국 김포 공항을 향해 착륙하고 있었다. 생각보다 길어진 출장에 변 부장과 김 과장은 벌써부터 눈을 감은 채 정신없이 코를 고는 중이다.

돌이켜보면 정신없이 돌아간 출장길이었다. 검은 색 서류 가방을 보자 그 속에 고이 담겨 있는 계약서원본을 꺼내서 읽었다.

일본 내 법무법인의 공증과 더불어 호텔에서 토씨 하나까지 검토하면서 밤새도록 확인했던 계약 사항들이다. 마지막 서명란에는 AMC 엔터테인먼트의 법인 도장과 집영사의 법인 도장이 나란히 일렬로 찍혀 있었다.

어떻게 보면 별 것 아닌 계약서에 불과할지 모른다.

그러나 이 종이 쪼가리 하나를 얻어내기 위해 얼마만큼 노력을 했는지는 그들은 알고 있었다.

테츠로우 부장을 설득시키는 작업은 결코 만만한 일이 아니었다. 그는 작가인 다케히코에게 크게 모욕을 당한 상태였는데 그런 탓에 처음에는 바늘 한 점 들어갈 틈이 없어 보였다.

뭐 어쩌겠는가? 어쨌든 아쉬운 쪽은 한국이었다.

어렵게 저녁 약속을 하고 간만에 고급 싸롱에서 기모노를 입은 어여쁜 여자를 데려다 놓고 술 접대를 했다.

현수는 회귀 전에도 음주를 즐기는 편인데다 딱히 아직까지 미성년자라는 허울 좋은 형식에 크게 얽매이는 편은 아니었다. 정신 연령 때문이다.

시간이 흐르고, 적당한 기회가 찾아 왔다고 판단되자 그는 직원을 슬그머니 불러 내보낸 후에 테츠로우 부장에게 거절하기 힘든 제의를 한다.

- 부장님? 딱 깨놓고 말합시다. 저희가 원하는 금액은 싸면 살수록 좋습니다. 다른 조건은 다 받아들일 수 있지만 계약금 4천 만엔은 너무 많은 것 같군요. 솔직히 부장님도 회사에서 월급을 타는 신분 아닙니까? 빌어먹을 회사에 열심히 충성한다 해도 뭐 크게 달라질게 있겠습니까? 화끈하게 계약금 천 5백 만엔 어떻습니까? 그 대신 이것은 담배 값이라도 하세요.

낭랑한 중저음의 목소리와 함께 돌연 작은 박스 봉투 하나가 부장에게 건네졌다. 부장은 약간 의외라는 듯 봉투를 열자 그 안에 백 만엔짜리 엔화 뭉치 5개가 있는 것을 발견한다. 거의 1년 치 연봉이었다. 이어지는 수순은 당연히 난감한 제스처로 표현된다.

- 이러면 안 됩니다. 다시 돌려 드리겠습니다.

현수는 눈치가 빠른 인물이다. 상대의 반응은 강력한 거

부가 아니었다. 대충 봐도 몸에 배인 형식적인 반응임을
깨닫자 기회를 틈타서 더욱 집요하게 밀어붙인다.

– 부장님? 안심하세요. 저희는 외국인입니다. 이번 건
이 제대로 성사되면 일본에 더 이상 체류하지 않고 곧장
한국으로 떠날 예정입니다. 혹시나 부장님이 우려하시는,
부장님의 목덜미를 잡는 그런 불상사는 없을 겁니다. 믿으
세요. 그리고 부디 부탁드립니다. 서로에게 이익이 될 수
있는 가장 합리적인 방법입니다.

– 으음, 그렇군. 자네는 외국인이었군. 지금 생각하니
다케히코군도 오죽 답답했으면 그런 행동을 했겠나? 자네
까지 이렇게 성의를 보이는 데 다케히코군이 먼저 사과를
하고 다시 연재를 요청한다면 나도 그 사람과 끝까지 감정
에 얽매여서 반대할 생각은 없다네.

– 그럼요. 잘 부탁드리겠습니다.

그렇게 몇 번의 실랑이 끝에 술 접대 자리는 화기애애하
게 끝맺음을 한다.
그 후, 5백 만엔의 위력은 확실히 먹혔는지 이틀 후 테
츠로우 부장은 윗선에 보고를 한 후, 결재를 받았다.

슬램덩크와 인기작 5종을 포함한 6종을 천 5백 만엔이라는 저렴한 가격에 계약을 한 것이다.

아마 그가 번거로움 때문에 일본까지 오지 않고 그저 유선상으로 변 부장에게 지시를 내렸다면 테츠로우 부장을 설득시키는 일은 요원했을 게 분명했다.

비즈니스를 하다보면 이런 식의 리베이트나 뇌물을 주는 경우가 여전히 많이 존재한다.

단지 차이점은 뇌물을 받아도 뒷탈이 안 나는 돈인지, 위험한 돈인지에 대한 경중의 차이만 있을 뿐이다.

이런 관행은 일본이 오히려 더 많다 볼 수 있다. 이것이 오너와 월급쟁이의 차이인지 모른다.

책임의 한계에 대한 설정 탓이다. 오너는 책임에 대한 결과를 질 수 있지만, 월급쟁이가 어찌 모든 책임을 짊어지겠는가?

아무튼 귀국하면 출판 사업팀에 2명 정도 더 인원을 증원할 필요성을 느꼈다. 슬램덩크 일본판을 한국판으로 바꾸는 번역은 외주로 진행한다 해도 인쇄 및 교정 교열, 유통 및 영업 관리, 재고 확인 등 할 일이 꽤 많았다.

본부장실로 성큼 들어선 현수는 강 상무부터 인터폰으로 호출했다. 이 때 그는 왜인지 몰라도 심호흡을 하면서 다소 흥분된 기색이 역력했다. 현수가 말했다.

"어때요? 그 동안 잘 지냈습니까?"

"네. 일본 쪽 만화 판권 수입 건이 잘 해결되었다고 들었습니다. 먼저 축하드립니다."

"고맙습니다. 그보다 오디션 결과는 어떤가요? 잘 나왔습니까?"

"다행히 본부장님 말씀대로 생각 외로 열기가 뜨거웠습니다. 저는 한국 땅에 이토록 연예계에 환상을 가지는 아이들이 많은 줄 몰랐네요. 아무튼 한 번 보시겠습니까?"

"그래요. 한번 보죠. 모두 들어오라고 하세요."

그는 와이셔츠 단추를 천천히 채우면서 평소와는 달리 꽤 긴장한 모습을 연출하고 있었다.

얼마 후, 6명의 어린 남자들과 6명의 어린 여자들이 조심스레 방문을 노크하고는 또렷한 목소리로 90도 인사를 했다.

"안녕하세요. 본부장님!"

"모두들 반갑습니다. 저쪽에 앉으세요. 앞으로 여러분들과 함께 일하게 될 정현수라고 합니다."

"……."

"비록 여러분들이 오디션에 최종 합격된 분들이라 해도 곧장 가요계로 데뷔시키지는 않습니다. 여러분들도 저희 회사가 어떤 곳인지 확인해야 하는 것처럼 저희도 여러분들이 어떤 분인지 알아야 합니다. 맞선을 보는 남녀가 첫 만남에 결혼하지 않고 서로를 알기 위해 데이트를 하는 것과 비슷하다고 보면 될 겁니다. 그 기간은 적어도 6개월 정도의 시간은 필요하지 않을까요?"

"네."

"물론 여기 있는 분들 중에 나름대로 훌륭한 경력을 가진 분들도 있겠지만, 가요계가 그리 만만한 곳은 아니라는 점 명심하시기 바랍니다."

"네! 알겠습니다."

그의 책상 위에는 무려 52대 1이라는 놀라운 경쟁률을 뚫고 오디션에 합격한 12명의 프로파일이 놓여있었다.

그의 장황한 연설이 아까의 모습과 달리 물 흐르듯이 유려한 이유는 다른 곳에 있지 않았다.

내심 가슴 속에 강하게 각인 되었던 그 여자가 없었기 때문이었다. 신미정이라 했나? 호기심이다. 그리고 설레임으로 포장된 망설임일 것이다.

시간은 이미 일주일을 넘겼지만 여전히 그 청순한 얼굴이 불쑥 떠오른다.

그는 고심 끝에 오디션 서류 접수 팀에 신청자의 이름과 주소, 연락처만 정확히 기입 받으라는 지시만 내린 채 그대로 일본 출장을 떠났었다.

기억의 강을 거슬러 올라간다. 그녀의 입장에서 그녀

의 그런 행위는 작은 끈이라도 엮어서 AMC 엔터 오디션에 조금이라도 유리한 포지션을 차지하기위한 한 가닥 기대인지도 모른다. 그 정체는 간절함이다. 그 간절함은 커피를 마시면서 지었던 어색한 미소에서 확인할 수 있었다.

허나 그게 과연 옳은 방식인지 자신이 없었다.

그녀를 자신의 권력으로 내정하여 뽑고, 연예계로 데뷔시키는 것은 그리 어려운 일은 아니리라.

그럼에도 그것이 과연 그에게 좋은 지는 고민해봐야 하는 부분이다. 그는 이 회사에서 호칭만 본부장이지 기실 오너다.

회사라는 집단은 상하 관계가 명확한 곳이다. 그리고 타인의 눈도 존재한다. 그는 그녀와 사귀고 싶었다.

아니, 그냥 보고만 있어도 행복해질 것 같은 풋풋한 감정이다.

기획사에서 연습생 혹은 데뷔한 그룹은 그저 상품에 불과하다. 기획사는 아이돌 그룹에 대한 투자와 서포트를 통해서 이익을 창출하고, 아이돌은 반대로 기획사라는 동아줄을 잡고 황금의 탑에 오르는 것이다.

이건 아니었다. 그렇다고 고의로 그녀를 떨어트릴 수는 없었다. 그러기에 그저 모른 척, 그리고 때마침 일본에서 문제가 생겼기에 자리를 떠난 것이다.

이런 저런 생각을 하던 정현수는 자료를 천천히 훑기 시작했다. 최종 면접 겸 앞으로 해야 할 일들에 대해 연습생들에게 쭉 설명했다.

"저희 AMC 엔터는 작은 기획사이지만 여기 계신 상무님을 비롯해서 기존의 연예계쪽에 오래 계셨던 전문가들이 모여 만든 회사입니다. 여러분은 앞으로 연습생 신분으로 저희 회사에서 마련해 주는 숙소에서 생활할 예정입니다."

"저? 죄송한 말씀이지만 연습생이 뭐죠?"

"연습생이란 가수가 되기 위해 테스트를 하는 과정이라 보면 됩니다."

"그러면 당장 데뷔하는 게 아닌가요?"

"그렇습니다. 저희는 가수 데뷔를 시켜준다고 했지, 합격하자마자 바로 데뷔시켜준다는 말은 한 적은 없습니다. 그것은 어느 기획사나 마찬가지일 겁니다. 물론 데뷔는 전적으로 여러분의 훈련 태도에 달려 있기도 합니다. 매일 아침 회사로 출퇴근이 기본 원칙으로서 보컬과 댄스, 악기 등 기초 교육에 중점을 둘 생각입니다. 물론 중식비와 약간의 용돈은 지불할겁니다."

"혹시 탈락하는 사람도 있나요?"

"불행히도 있습니다."

"네엣?"

"전부 데뷔를 시킨다면 노력하지 않고 태만해질 것은

뻔하지 않을까요? 또한 학교처럼 각 분야의 선생님을 초빙하여 매월 월말 평가를 실시할 예정입니다."

12명의 아이들은 두 손을 가지런히 무릎에 모은 채로 살짝 기겁해서 반문한다.

"네? 월말 평가라니?"

정현수는 살짝 웃었다. 현실의 나이로 보면 아마 이들중 상당수가 그보다 나이가 많았던 탓이다.

문득 묘한 쾌감이 느껴진다. 의도해서 그런 것은 아니지만, 자신이 이들 위에 명령권자로 존재하고, 이들은 말 잘 듣는 애완동물 같다는 가학적인 상상까지 하게 된것이다.

인류의 역사가 늘 그러하듯 인간끼리도 서열이 존재하는 법이다. 마치 이쁜 병아리 새끼들처럼 두 귀를 쫑긋거리고, 그의 말을 경청하는 모습에 확실히 돈이라는 게 무섭기는 무섭다는 생각이 든다.

정현수는 이내 쓸데없는 망상을 지우더니 냉랭한 어투로 말을 끊어야 했다.

"말 그대로 여러분들이 그룹의 일원이 될 자질이 있는지 냉정하게 판단하겠다는 뜻입니다. 또한 합숙 도중에 음주나 폭행 등의 사고가 발생할 경우 이유여하를 막론하고 바로 퇴출입니다. 특히 저희 회사는 아무리 능력이 뛰어나도 예의가 없고 인성이 부족한 분은 회사의 가족으로 여기지 않는다는 점도 양지하시기 바랍니다."

"……."

"현재 저의 판단으로 보이 그룹은 4명, 걸 그룹도 4명을 기획하고 있습니다. 참고로 이런 조건을 받아들이지 못하는 사람은 여기서 당장 돌아가도 괜찮습니다. 저희 회사는 아이돌 데뷔를 위해 재능과 인성을 겸비한 대한민국에서 가장 뛰어난 상품을 만들 의무가 존재한다고 믿고 있습니다. 여기까지입니다. 자, 질문 있나요?"

"아니요. 없습니다."

"그럼, 돌아가시고 앞으로 열심히 노력해주세요."

문을 닫고 돌아가는 AMC 엔터 최초의 연습생을 보면서 그는 흡족한 미소를 지어 보였다.

경쟁이 늘 최상의 결과를 낳는 것은 아니지만, 경쟁은 인류를 이만큼 발전시켜 온 원동력임은 분명하다.

회귀 전, YG를 이끌었던 양현석 사장이 말로만 퇴출이라고 하면서 결국 탈락한 연습생도 연민의 정에 못 이겨 다시 가수의 길을 찾게 해줬지만, 그는 다를 것이다.

실제로 6명 중 최하위권자 2명은 강제로 퇴출을 시킬 예정이다. 그것이 그로서는 최선의 검증이었다.

겉으로는 최소 6개월이라 언급했으나, 더 이른 시기도 배제 못한다. AMC 엔터는 마땅한 수입원이 없었다. 물론 나라기획에서 이번에 나오는 5인조 신인 남자 그룹에 잘 어울리는 과거 G.O.D 가 불렀던 '거짓말' 과 DJ DOC 의

'여름 이야기' 그리고 찬형이 최근에 작곡한 5곡을 주었다. 그래서 이미 선금으로 3천 만원과 인세율을 상향 조정하여 새롭게 계약을 맺은 상황이기는 하다.

슬램덩크가 성공한다면 꾸준히 자금이 들어오겠지만, 그래도 엔터 회사면 엔터 회사답게 대표적인 가수나 그룹이 있어야 함은 필수불가결이다.

그는 법인 통장의 잔고를 확인하고 있었다.

사업을 하는 데 가장 중요한 것은 현금 유동성이다. 과거 동아 그룹이 흑자 부도를 맞을 때 그쪽 회장이 했던 유명한 명언이 있다. 밑에 직원이 자금은 끄떡없다고 하기에 그런 줄 알았다고.

하지만 동아 그룹은 마지막에는 고작 8억을 막지 못하고 채권단에게 회사 전체가 넘어가고 만다.

나중에 은행 채권단이 실사를 해보니 서울 시내에 금싸라기 토지들의 가치가 부채 평가액보다 훨씬 많았다면서 회장이 진작에 이런 사실을 눈치 챘다면 미리 토지를 매각했을 것이라 한다. 그러면 적어도 최악의 사태는 모면했을 것이라며 혀를 끌끌 차며 모질게 비웃었다.

그만큼 사업에 있어서 현금 흐름을 잘 파악하고 있어야 한다는 우스개 소리다.

100조를 향해서

NEO MODERN FANTASY & ADVENTURE

Part 4-3. 욕망이란 이름의 탐그루

Part 4-3. 욕망이란 이름의 탐그루

AMC 엔터의 초기 자본금은 2억원이다. 그 외에 그와 찬형으로부터 빌린 개인 사채가 각각 2억 7천과 1억 6천이 있다. 이 경우 회사의 총자산은 회계법상으로 평가할 때 대변에서 차변으로 치환되면서 6억 3천이 적혀진다. 그 6억 3천 중 1억 2천은 건물 임대 보증금으로 나갔고, 부분 인테리어와 음악 장비 및 기타 고정 자산으로 8천만원이 약간 넘게 지출되었다.

이제 갓 4개월째로 접어 든 회사는 매월 2천 3백만원 정도 수준에서 적자를 기록하는 상황이다. 그게 3달이니 지났으니 4억 3천에서 7천만원이 또 빠진다.

여기에 일본의 슬램덩크 라이센스 계약금 1천 5백만엔

과 5백 만엔의 뇌물, 출장비 백만엔을 합한 후, 당시 환율 587원으로 곱하면 대강 1억 2천이 나간다.

그 대신에 그 기간동안 통장으로 입금된 수입은 위에 언급한 3천만원 중 현수의 몫인 천 5백 만원에 달하는 작곡 계약금이다. 현재 법인 통장에 찍혀 있는 잔액은 '264,345,280원' 이다.

저절로 미소를 지었다. 그리 나쁘지 않은 출발이다. 지금 이 시대는 1991년이다. 3억에 가까운 현찰은 결코 적은 돈이 아니었다.

미래는 더 긍정적이라 할 수 있다. 이제 곧 들어올 예정인 나라기획의 확정된 작곡료 수입과 슬램덩크도 곧 출판 예정이다. 그렇게 자금이 어느 정도 쌓이면 다마고치 제조와 노래방 체인점 사업을 물색할 계획이다.

그리고 까먹은 한 가지 일을 더 처리했다.

현수는 여직원에게 오디션 신청자 리스트 전체를 넘겨받았고 천천히 일어섰다. 그 서류에는 그가 그토록 알고 싶던 그 여자의 주소와 이름이 써 있었다.

– 성명 : 신미정

– 나이 : 1972년 9월 18일.

– 주소 : 강남구 서초동 21-5 진성 빌라 202호

– TEL : 02-576-8096

– 특기 : 보컬, 춤

신미정? 한 살이 더 많은가? 서초동이면 집이 잘 사는 걸까? 온갖 궁금증이 머리를 헝클어트렸다.

그는 그 한 장의 이력서를 마치 대단한 보물이라도 되는 양 조심스럽게 4등분으로 접어서 양복 속주머니에 넣고는 평소보다 일찍 퇴근을 한다.

짝사랑인가? 이런 기분 정말 괜찮지 않을까.

그저 생각만 해도 두근거리고 마음껏 상상의 나래를 펼칠 수 있는 설레임이라니.

연락? 아직은 자신이 없다. 그래, 조금만 더 생각해보자. 그녀에 대한 신비감을 좀 더 느끼기를 원했다. 기쁨의 엔돌핀이 솟구쳤다. 그렇게 지쳐서 쓰러질 것 같은 가녀린 영혼을 누군가가 마음껏 희롱하면서 놀려댈 따름이다.

어느덧 시간은 빠르게 흘러갔고 1991년 9월에 접어들었다. 3학년 2학기가 시작 된지도 열흘이 지났다.

교정은 늘 푸른색의 상큼한 느낌을 준다. 무성한 나무와 거대한 운동장 사이로 각양각색의 아이들이 저마다 떠드느라 바빠 보인다. 현수는 여전히 수업시간을 이용해서 영어와 중국어에만 집중하고 있었다.

회귀 전에는 공부에 그다지 취미가 없었지만, 세상의 추함과 더러움을 실컷 맛본 그에게 학교는 또 하나의 신기한 장소에 불과했다.

그렇다고 재밌어서 늘 학교 가기를 원하는 것은 아니었다. 그저 지금이 아니면 언제 또 이렇게 공부를 할 수 있을지 모르는 현실 속에서 그는 최선을 다해서 언어를 배웠다.

학교 선생은 자기 수업 시간에 영어와 중국어 책만 넘기는 현수에게 의례적인 강한 기합과 호통으로 대응을 하지만 그러기에는 그의 열정이 너무 강하다는 게 문제일 것이다.

하고자 하는 목표와 스스로의 신념이 뭉쳐낸 결과는 생각보다 나쁜 결과를 낳지 않았다.

영어는 이제 정철 기본 문법은 3번을 반복해서 끝냈고, 일주일에 한번 씩 미국 영화를 비디오로 보면서 거기에 나오는 중요한 문장과 단어를 읽고 외우는 단계에 접어들었다.

중국어 성과는 더 좋아서 벌써 기초 중국어 상, 하권을 마스터하고, 현재는 중국 현지 초등학교 저학년생이 배우는 사자성어 1000이라는 책을 넘기는 중이다.

그 때였다. 쉬는 시간을 이용해서 조용히 책을 읽던 그를 가만 놔두지 않는 존재가 있었다.

"호오? 찌질이 새끼? 이게 뭐야? 큭, 중국어?"

"너? 뭐하는 거야?"

민종식이다. 2학년 때 함께 같은 반이 된 5명의 아이들 중 하나. 키 182cm 양아치의 전형적인 모습을 갖춘 놈이다. 지금 그는 몇 몇 아이들과 함께 건들거리며 교실을 돌다가 마치 먹음직스러운 초식 동물을 발견한 사자처럼 존재감이 거의 없던 정현수의 머리통을 뒤에서 세게 갈기며 낄낄거렸다.

"뭐? 중국어? 주제에 꼴갑은 큭."

"……."

한심했다. 심심하면 책상을 라지에타 뒤로 숨기고, 월담해서 당구를 치거나 카페에서 담배나 피던 놈이 오늘 따라 웬일인지 반에 있었다. 왜일까? 평소 오전 수업만 하고 하교를 하는 그가 눈꼴 시려워서였을까? 오늘 따라 이유 없이 시비를 걸고 있다. 그와 동시에 서로의 눈이 마주쳤다.

적의감일까? 평소 소심하기만 하던 저 검은 안경테 너머로 순간 활화산이 타오르는 것 같다는 섬뜩한 기분을 받게 된다. 그것은 예리한 칼날 같은 살기였다. 아니겠지? 민종식은 속으로 부정을 하더니 냉랭한 어조로 쏘아본다.

"뭐야? 꼴에 꼴아보냐?"

"말이 너무 지나친거 아닌가?"

"깝치네! 눈 안 깔아? 콱!"

"미치겠네. 휴우."

정현수는 짜증난다는 듯이 투덜대면서 앉은 자리에서 일어나려 했다. 허나 민종식은 한 손을 뒷주머니에 넣은 오만한 자세로 또 다른 손으로 현수의 머리쪽 정수리 부위를 꾹 잡아 누르며 빈정거렸다.

"앉아라. 깝치지 말고. 일어나면 죽는다."

"뭐…? 죽어? 누가?"

그는 결국 참았던 분노를 폭발시키며 강하게 대꾸했다. 그의 키는 민종식보다 10cm 가까이 작았다. 아이들이 어른들보다 어떤 때는 더 잔인하다. 민종식의 이런 행위는 주위의 시선을 모두 그 둘에게 전환시키게 만들기에 충분했다.

더 이상은 아니었다. 그 동안은 민종식이나 몇 몇 양아치들이 살짝 살짝 건드리는 것을 몇 가지 이유로 그냥 참고 넘겼지만, 지금은 이 순간마저 넘기면 그의 자리는 앞으로 3학년 5반에서 없어질 게 뻔했다.

마른 침을 꿀꺽 삼켰다.

이길 수 있을까? 흐릿한 반문이다. 현재 그의 신체는 조깅 외에는 단련이 안 된 상황이다.

또한 놈은 하나가 아니라 패거리다. 하지만 어떤 식으로든 칼을 뽑아야 할 시점이었다. 또한 그 칼을 뽑는다면 어떤 일이 있어도 상대를 짓밟아야 한다.

강하게, 잔인하게 그리고 몸서리가 쳐질정도로.

싸움에서 말을 한다는 자체는 기선 제압 외에는 전혀 쓸데없는 요식 행위라는 점을 아직 이 아이들은 모른다.

영화처럼 온갖 폼을 다 잡으면서 '지금 공격이 들어갈 것'이라고 예고해 주는 동작과 가까이서 적이 방비할 틈을 주지 않고 짧게 끊어서 명중을 시키는 것.

이 두 가지 상황의 타격기에 따른 명중률 및 효과는 비교 자체가 안 될 정도로 후자가 월등하게 낫다.

부웅!

주먹이 움직였다. 굉장히 짧은 거리다. 그 때문에 그의 주먹은 정확하게 민종식의 명치를 가격했다.

"으윽! 치, 치사하게!"

민종식은 갑작스런 공격에 놀라 기함을 하면서 복부를 움켜쥐더니 서너 걸음 물러서는 중이다.

"좃까!"

허나 현수의 동작은 군더더기 없이 빨랐다.

그는 그 자리에서 옆에 있는 의자를 두 손으로 집더니 곡괭이로 땅을 파낼 때의 동작처럼 오른쪽 뒷부분에서 12시 방향으로 커브를 그렸다. 의자는 거침없이 궤도를 돌더니 그대로 1-2m 앞에서 주춤거리는 민종식의 면상을 향해 내리 꽂는다. 동시에 교실에서는 온갖 반응이 터져 나온다.

"미친 놈!"

"안 돼!"

"저런!"

"의자로 찍다니? 저, 저 똘아이 새끼!"

주위에 있던 방관자로서 흥미롭게 이 자극적인 쇼를 관람하던 동기들이 예상외의 극적인 전개에 저마다 크게 부르짖었던 것이다.

"좆만아? 내가 우스워 보이니? 어? 우스워?"

정현수는 즉시 안경을 벗어 던지면서 교실 전체가 떠나갈 것처럼 미친 듯이 소리쳤다.

인간은 시각과 청각의 동물이다.

그의 목소리는 정말이지 컸다. 이 소름끼치는 외침에 교실은 쥐 죽은 듯이 돌변한다. 거대한 위압감이다.

이 질식할 것 같은 살기는 늘 양보를 하고, 소극적이던 나약한 그의 옛 모습과는 완벽하게 다른 연출이다.

민종식이 그 나이 또래에 비해 잘 나간다 해도 어찌 회귀 전 현수와 비교할 수 있을까.

싸움은 먼저 공격하는 쪽이 월등하게 유리하다. 특히 지금과 같이 협소한 공간과 예상치 못한 기습 공격은 민종식을 크게 당황하게 만들기에 충분했다. 피가 튄다. 그 피는 심장을 뛰게 하는 자극적인 흥분제다.

"퉷! 아주 오늘 끝장을 내주지. 개새끼!"

"아악!"

생각하는 시간은 길었으나, 실제 행동하는 시간은 1초
도 안 되는 짧은 순간이다. 현수는 상대가 반격할 시간을
주지 않기 위해 질풍처럼 달려들고 있었다.

초원의 치타가 이런 느낌일까? 단 한 번의 완벽한 기회
를 포착한 후, 전광석화처럼 덮쳐서 물소의 목 동맥을 한
순간에 끊어버리는 동작과 비슷했다.

부웅.

민종식은 의자를 방어하느라 오른 손목을 크게 다친 것
처럼 보였다. 얼굴에는 피가 철철 흘러 넘쳤다. 상당한 데
미지다. 정현수의 주먹이 민종식의 인중 부위를 향해 큰
궤도를 그리며 훅을 날렸다.

하지만, 동작에는 힘이 많이 들어가 있었다. 민종식은
그 급한 와중에서도 허리를 굽혀서 피했다.

젠장! 역시 영화 속의 화려하고 멋진 동작의 구현과 현
실 속의 싸움 사이에는 큰 괴리가 있었다.

그도 잠시. 그는 그 탄력을 이용해서 힘껏 상반신을 숙
이더니 두 팔을 벌리며 상대를 넘어트렸다.

민종식이 극심한 고통에 부르르 떤 것은 그 시점이다.

"으아아악! 이 미친 놈!"

"죽어!"

책상이 우르르 밀려났다.

의자가 뒤집어졌으며 구경꾼들은 황급히 뒤로 물러선다. 가속도가 더해진 강한 운동에너지의 충격에 버티지 못한 민종식은 척추를 찍혔고 그 자리에서 바닥으로 쓰러졌다.

"이잇! 너, 너 절대 가만 안 둬."

"꼴값은!"

정현수는 상대가 넘어진 것을 확인하자, 바로 그 위에 올라타더니 두 팔로 상반신을 제압했다. 그리고 그대로 얼굴을 갈기기 시작했다.

"아악! 아악!"

"뒈져! 아주 죽여 줄테니까. 병신 새끼 죽어! 죽어!"

민종식은 정현수의 동공에서 지옥을 보고 있었다.

극심한 공포다. 오른쪽 광대뼈에 충격이 전해졌다. 그 다음은 왼쪽 코언저리가 부서지는 느낌이다. 목울대는 이미 상대의 손아귀에 잡혔고, 점점 숨이 막히기 시작했다.

고통이다. 미칠 것 같은 고통이다.

숨이 막히자 온 몸이 부르르 떨어댔다. 이대로 죽는 걸까? 아무 생각이 나지 않았다. 폐에 산소가 공급되지 않자 정신 착란이 느껴졌다. 너무 아팠다.

자존심? 체면? 타인의 시선? 그 딴 것은 지금 중요하지 않았다. 민종식은 미친 것처럼 울었다. 그리고 빌었다. 항

복이다. 그는 울면서 애원하고 소리쳤다.

"흑! 미, 미안! 현수야… 제발!"

"뭐? 미안? 이 씨발놈아? 내가 만만해 보이지? 어? 만만
하냐? 어?"

이번에는 뺨이 확하고 돌아갔다. 세 대, 네 대, 다섯 대.
현수는 잔인할 정도로 때렸다.

그의 주먹은 연약했지만 절대 연약하지 않았다. 야수의
발톱처럼 흉폭했다. 보통 때라면 반의 아이들이 달려들어
싸움의 중재를 했겠지만 이상하게도 이번만큼은 쉽게 나
서는 아이들이 없었다. 선혀 위압적이지 않지만 우습게도
카리스마와 같은 위압감이 있었다. 아직 정신 연령이 성인
에 이르지 못한 아이와 또 다른 포스라 할 수 있다.

물론 그 이면에는 지금까지 민종식에 대한 불만이 많았
다는 점도 일정 부분 원인으로 차지했을 것이다.

그는 빌고, 또 빌었다. 지독한 폭력의 굴종이다.

"꺼억, 흑! 앞, 앞으로 절대 안 그럴게."

"나중에 또 까불면 눈깔을 뽑아 버린다."

"으응, 쿨럭."

"병신 새끼!"

"꺼억, 꺼억….."

민종식은 그때서야 부어오른 목을 부여잡더니 금붕어처
럼 몇 번이고 숨을 들이켰다.

그리고는 억지로 정신을 차렸다.

입안은 잇몸이 터졌는지 피가 넘쳐흘렀다. 자세를 바로 잡고 일어나려고 하니 다리가 극심하게 후들거렸다.

주위 아이들의 싸늘해진 시선에 그는 고개를 들지 못했던 것이다. 현수는 언제 그랬냐는 듯이 다시 앉아서 태연하게 필기를 하고 있었다.

당당한 눈, 단호한 말투, 강력한 박력, 그리고 군더더기가 없는 행동까지. 안경을 끼고 어깨가 약간 굽어 있는 저 모습이 기이하게도 왜소해 보이지가 않았다.

"아, …이씨… 젠장."

민종식은 그저 현수가 들리지 않을 정도의 극히 작은 미세한 소리로 중얼거리며 인상만 쓸 뿐이다.

✳

귓가로 들려오는 인쇄기의 소리는 리드미컬하게 진동했다. 팍팍한 진동음과 종이의 마찰 소리, 다시 그 종이를 롤러에 감는 소리까지 현장은 번잡하기 짝이 없다.

그 뒤쪽에는 AMC의 출판 사업팀 김명조 과장, 신입 사원이 우두커니 선 채로 묵묵히 이 광경을 지켜보는 중이다.

옆에 있던 인쇄소 사장이 다가오더니 말을 건넨다.

"김 과장? 만화책이면 전부 흑백 2도 인쇄인가?"

"음, 전체 페이지 중에서 초반 32페이지까지 첫판은 칼러판 4도로 해주시고 나머지는 흑백으로 해주시면 될 것 같네요."

"그러지. 그보다 이번에 옮긴 회사는 어때?"

부경 인쇄소는 김명조 과장이 AMC로 이직 전까지 다녔던 출판사 고려원의 거래처 중 하나였던 탓에 둘은 안면이 꽤 익은 사이였다.

"글쎄요? 뭐라고 말해야 할지? 그냥 아직까지는 대우도 괜찮고 스트레스가 없어서 다닐만 합니다."

"그래? 그럼 이번이 첫 출판이겠군."

"아마 이번에는 물량이 꽤 많을 것 같습니다. 본부장이 가격 조건이 괜찮으면 초판만 5만부를 찍으라고 하더군요."

"정말이야? 이런 불경기에 초판을 5만부나 찍어?"

"아직 결정된 것은 아닙니다. 본부장님이 이제 곧 오신다고 하니 그 분이 결정하실 겁니다."

부경 인쇄소 박사장은 의외라는 표정을 짓더니 5만부라는 적지 않은 물량에 갑자기 호의 섞인 시선을 보였다.

"만약 그게 사실이면 우리한테 물량 좀 다 몰아주게. 요즘 일거리가 없어서 죽을 지경이야."

"하하, 제가 무슨 힘이 있겠습니까? 아, 저기 오시네요. 여깁니다. 본부장님."

"처음 뵙겠습니다. AMC의 정현수라고 합니다."

"아 네. 반갑습니다."

"잠시 설비 좀 둘러봐도 되겠습니까?"

"그럼요. 제가 안내하겠습니다."

간단한 인사와 명함 교환이 끝난 후, 현수는 천천히 인쇄소 설비를 둘러보기 시작했다.

애초의 지시대로 어느 정도 규모가 있어 보이는 인쇄소를 찾은 모양이다. 오른쪽 구석에 위치한 기계에서는 A4 16배 사이즈 국전지 크기의 거대한 알루미늄판 위에 슬램덩크의 각 장면들이 찍혀 나오고 있었다.

그 후 출력 기계의 롤러에 걸면 빠른 속도로 대량 생산이 되는 것이다. 그는 갓 나온 샘플지를 손으로 만지작거리면서 말했다.

"이 상태에서 제본이 되는 건가요?"

"네. 2층의 제본실로 옮겨서 제본기에 집어넣으면 책의 크기에 맞게 절단이 됩니다. 다시 지금 보이는 레인을 따라 페이지별로 분류한 후에 책표지를 씌우면 완성이 된다고 할 수 있죠. 그리고 최종적으로 3층의 품질 검수실에서 하자를 확인 후에 납품하게 됩니다."

"생산 캐퍼는 문제없습니까?"

"요즘 오더가 많지 않아 노는 날이 더 많습니다. 그런데 얼마를 예상하시는지…?"

"일단 1권은 초판 5만부입니다. 물론 시장 반응을 체크한 후에 괜찮으면 그 이상 더 찍을 겁니다. 또 모르죠. 백만부 이상 대박이 터질지…."

　"아, 대단하시네요."

　사장은 깜짝 놀라는 표정을 드러냈다.

　최근 서울 문화사가 수입한 드래곤볼이 한국에서 크게 히트하는 모습에 일본 만화 판권을 수입한 모양인데 딱 봐도 안쓰럽기 짝이 없었다.

　백만 부라니? 좀 어이가 없었다. 내심 잘 봐줘야 20대 중반으로 보이는 젊은 친구였다.

　현수는 직접 실사 후, 인쇄 퀄리티가 나쁘지 않다고 판단한 모양이다. 그는 김 과장을 따로 불러서 가격 협상을 하라고 지시를 내렸다.

　"부경 인쇄소의 조건과 어제 둘러봤던 세화, 상일 인쇄소의 조건을 비교한 후, 가장 좋은 곳을 골라서 바로 계약하세요. 참, 그리고 딜리버리(delivery)타임에 문제가 없고 빠른 곳으로 하셔야 합니다."

　"그러겠습니다."

　"그럼, 저는 바빠서 먼저 갈 테니 나중에 오세요."

　"네."

　현수는 품 안에서 담배 한가치를 꺼내 태우면서 총총 걸음으로 먼저 나갔다.

그가 굳이 번거롭게 인쇄소까지 방문한 이유는 다른 것은 없었다. 부하 직원을 신뢰하고 업무를 전적으로 맡기는 것은 좋지만, 테이블에서 숫자 따위나 끄적거리면서 정작 현장이 돌아가는 시스템을 모르면 훗날 뒤통수를 맞아도 대책이 없기 때문이다.

이른바 탁상공론이다. 숫자라는 것은 말 그대로 숫자다. 서류라는 것도 사실은 종이에 불과할 뿐이다.

누군가 작정하고 속이려고 한다면 그다지 어려운 게 아니다. 오죽하면 은행 어음 용지에 1억이라 써 놓아도 그것이 결재일에 현금으로 입금이 되지 않으면 그 전까지는 '휴지 조각'이라는 표현을 쓸까.

〈2권에서 계속〉